KB214520

훈수꾼 선생

훈수꾼 선생
박경현 시문집

초판 인쇄 2024년 10월 25일
초판 발행 2024년 10월 31일

지은이   박경현
펴낸이   신현운
펴낸곳   연인M&B
기 획   여인화
디자인   이희정
마케팅   박한동
홍 보   정연순
등 록   2000년 3월 7일 제2-3037호
주 소   05056 서울특별시 광진구 자양로 73(자양동 628-25) 동원빌딩 5층 601호
전 화   (02)455-3987 팩스(02)3437-5975
홈주소   www.yeoninmb.co.kr
이메일   yeonin7@hanmail.net

값 17,000원

ⓒ 박경현 2024 Printed in Korea

ISBN 978-89-6253-583-9 03810

훈수꾼 선생

박경현 시문집

연인M&B

그동안 훈수꾼 노릇을 해 온 것 같습니다.
허점투성이인 제가
반백 년도 넘게 남을 가르치는 일을 했습니다.

어설프게 훈수를 두었지만
몇몇 수는 그럴 듯한 것도 있었습니다.
여기 그 흔적을 남겨 봅니다.

2024년 가을
安白 박경현

| 차례 |

머리말   5

1 삶 도두보기

조약돌   16
다리의 다리   17
꿈에게   18
리듬을 타고   20
사물놀이   21
신호 대기   22
죄를 사하사   23
그림자 절제 수술   24
낙상   26
은악양선   27
내 팔자야   28
물구나무서기   29
오늘도 웃자   30
결 1   31
척하며 체하며   32
울산바위   33
삶의 고개   34
봄날이 가면   35
기도는 Speaking이 아니라 Listening   36

2 꽃 여겨보기

불두화   38

큰개불알꽃   39

산수유   40

자목련   41

개나리   42

천사의 나팔꽃   43

옥잠화   44

아기 민들레   45

우리 집 모란   46

덩굴손   47

무관심 난   48

망태버섯   50

병아리꽃나무   51

눈엽   52

그래서 모란   53

춘설 난분분   54

꽃무덤   55

봄꽃 궁전   56

잠자는 장미   58

3 사랑 톺아보기

첫사랑 그대   60

진정 정말 참말 사랑   62

바람 1   64

바람 2   66

양파   67

굄의 모순   68

강변 찻집   70

후각적 사랑   72

아궁이 앞에서   73

처용 처의 독백   74

살며시 슬며시   76

가슴 가슴 가슴   77

찔레꽃   78

매미 사랑   79

이제 기댈 것이 있다면   80

4 세상 흘겨보기

대나무 감성	84
바다가 얼어도	86
DMZ	87
마천루와 예배당	88
폭염	89
폭설	90
새벽 고속도로	92
일요일에만	93
풀숲 안팎	94
그물	95
구멍 내기	96
지하철에서	98
동포 여러분	100
막말 망발	101
내 편 네 편	102
취성암	103
네 수준	104
갈대의 독백	105
추상적 추상	106
다시 붓 잡고	107
상생	108
태평성대	109

5 자연 돌라보기

달팽이처럼   112

분재   114

매 맞는 숯내   115

봄   116

전지 작업   117

갈대와 억새   118

플라타너스 낙엽   120

낙엽 되고 돌이 되어   121

낙조   122

서낭바위   124

국사봉 해넘이   125

지렁이의 주검   126

범벅 개펄   128

삶의 바다   129

황해에 발목 잡혀   130

남도한정식   131

달   132

소요산의 소요   133

눈은 내리는데   134

6 내 속 들여다보기

내 마음의 서랍   136

나 혼자 있을 때   138

내 가슴의 구름   140

시조 입문   142

이럴 수밖에 없습니다   143

청출어람   144

물 좀 주세요   145

땅 파먹기   146

돌 같은 사람   147

구멍 1   148

구멍 2   149

연잎 물방울   150

7 주위 휘돌아보기

막차	152
수직 주름살	153
회일익조	154
내 담 네 담	155
별생각 없이	156
어떤 시화전	157
77년 7개월	158
초하루 해맞이	160
새벽 느낌	162
등배운동	163
돌담	164
검진 결과	165
젊음의 무지개	166
버려진 무덤	168
잘 가시게 친구여	169

8 스스로 티보기

발바닥 인사   172

사용 절도   177

총각 선생님   181

아버지의 그림자   184

노 페인 노 게인   188

거울을 닦으며   191

집행 유예   196

관중석에서   200

거짓말을 밥 먹듯 하다가는   204

잃어버린 꾸중을 찾아서   206

듣게 하소서   210

눈맞춤의 신비   216

이름 그대로   220

2학년 7반   225

지역구도 없는 놈   229

해마다 유월 육일이면   233

앞집 스승 뒷집 제자   235

자네들이 나의 산과 강   246

들숨 날숨   250

한글날 손주들에게   256

9 훈수 두기

미끄럼 타던 갈비   262

이름을 남기고 싶거든   270

법 밑에서 법 모른다   273

거짓말 공화국   277

칭찬의 고품격 문화   284

'친절'이 개혁의 열쇠   292

가장 행복한 사람   298

욕설과 상소리의 심리   304

떳떳한 상 마땅한 벌   311

사라져 가는 예의   315

마음을 열어야 생각이 바뀐다   321

9패   332

한 송이 무궁화를 피우려면   337

법화산에 서린 기운   349

1

삶 도두보기

실상보다 좋게 보다

조약돌

태초에
절벽에서 떨어졌다
우린

비바람에 금방 굳어지고
달빛에 금세 뜨거워지는
다혈질이다
우린

견딜 수 없는 외로움에
한 울 안에 모여
동글동글 몸 비빈다
우린

어디에 던져진들
겨루고 다툼 없이
늘 누워서 속삭인다
우린.

—『창조문학』1996 여름 신인상

다리의 다리

이쪽 저편 이어 주는 다리에
다리가 있다

평생 누워 있어야 하는 다리
종생 서 있어야 하는 다리
절대 떼려야 뗄 수 없는
다리와 다리

육중한 몸체
묵묵히 떠받치는
날씬한 다리의 다리들

다리 힘 키운다고
다리를 건너다니는
내 다리

언제일까
제대로 다리 구실을 할 때가.

ー『창조문학』 2024 여름

꿈에게

네가 내 정수리 찌르며
끝없이 뉘우치라 하면
난 네 속에서 헤매며
소름 돋은 단말마를 만난다

두꺼운 옷 입고 가면
홀딱 벗기고
무거운 짐 지고 가면
선뜻 내려놓고

네가 내 목덜미 끌어안고
싫도록 놀다 가라 하면
난 네 속에 빠져들어
가위 눌려 아우성친다

때와 곳의 빛나감으로
하나 되지 못한 이름 부르게 하고
몸부림 헐떡이며
절망을 매단 마음 걸러내며

네가 내 소맷귀 움켜잡고
식은땀 말리게 하면
난 네 힘에 매달려
척추 없는 짐승이 된다

눈뜨고 보도 듣도 못한
희뿌연 영상의 그늘 아래
눈감고 더듬는
내 앞날의 고해苦海에 머물러.

　　　　　　　　　　　　　　　－『창조문학』1996 가을 신작시 초대

리듬을 타고

쓰라린 밤 물러가지 않고
평온한 낮만 이어지면
우린 병마病魔의 노예

가슴에 성에 굳게 어리고
마음에 멍에만 눌러쓰면
우린 초라한 짐승

짙푸른 나무들 시들지 않고
풀들이 웃자라기만 하면
우린 미숙한 아이일 뿐

싫증나는 그 얼굴 그 몰골
변함없는 그 성격 그 오기
그저 그렇게 받아들일 수밖에

리듬이 깨어지면
리듬이 흔들리면
우리 몸뚱이엔 누런 고름이 파고들지.

—『창조문학』 2007 여름

사물놀이

돌연 하늘 무너지는 소리
눈 휘둥그레 가슴 조이다
잔잔히 밀려오는 소릿결 따라
절로 고갯짓하며 어깨 들썩인다

때려 부수자, 한 많은 세상
네가 죽나 내가 죽나
지랄 발광 혼을 빼자

얼쑤우 절쑤우

찢어 버리자, 두꺼운 얼굴들
머리칼 휘날리며 입 악다물고
악을 쓰자, 목 부러뜨리자

얼쑤우 절쑤우

힘 더 남겨 무엇하랴
미련 두어 무엇하랴
가슴에 성난 파도 달래며
절정의 바다로 빠져들자.

—『창조문학』1998 여름

신호 대기

빨간 신호등
가로막기에
푸른 미소 지었다

좌로 갈 길
힐끗 보며
휘파람 슬쩍 불었다

기다리고
기다리면
이렇게 여유롭구나.

죄를 사赦하사

매일 여러 군데 사찰 떠돌며
109배, 3003배, 4004배 하여도

주일마다
천주, 성결, 장로, 침례, 감리, 성공
모두 찾아다녀도

미아리 처녀 보살
관악산 박수무당

더 쌓이는
내 마음의 더께.

그림자 절제 수술

그림자를 잘라 내자
내 머리보다 앞서가고
내 키보다 길어지는
오만傲慢의 싹수

내 생각 검어지면 더욱 짙어지고
내 가슴 깨끗하면 좀 더 옅어지는
진솔한 그림자를 도려내자

그림자를 줄여 보자
내 모습보다 품위 있고
내 몸집보다 풍만한
허풍虛風의 텃밭

햇빛에 바래면 엉큼하고
달빛에 젖으면 음흉스런
불손한 그림자를 지워 보자

그림자를 떼어 내자
감추는 게 많을수록 늘어나고
드러낸 게 적을수록 넓어지는
고질痼疾의 딱지

무딘 메스mess로
내 발뒤꿈치에 붙어 있는
거룩한 그림자를 절제하자.

　　　　　　－한국몽골문학연구회 국제학술세미나 낭송(2008. 07. 16)

* 사진 별지 참조.

낙상

하늘만 우러른다
대지의 시샘인가

무심코 한눈 팔면
다리의 투정인가

일순간 뒤틀린 심사
자해 행위 부르네.

은악양선

허물은 덮어 주고
선행을 널리 알려

부채로 부치듯이
상호 간 추어 주자

퇴계^{退溪}님 친필 휘호로
재삼재사 이르네.

---

* 은악양선(隱惡揚善): 상대방 실수는 덮어 주고 선한 행동을 드러내 준다.

* 사진 별지 참조

내 팔자야

하필何必
그 틈을 비집고 나왔을까

해필奚必
위태로운 자리에 서 있는가

하특何特
내 뜻대로 되지 않은 삶

해특奚特
언제 뭉개질지 모를 목숨.

---

* 사진 별지 참조.

물구나무서기

거꾸로 서게 되면
머리를 가누느라

하늘이 어드메뇨
바닥이 어디론가

세상을 뒤집어 보면
오장육부 풀리네.

---

* 사진 별지 참조.

오늘도 웃자

뜻맞는 이들이면
누구든 함께 웃자

흘러간 역사의 자취를
더듬으며 웃자

우리를 웃게 하는 것들
모두 보듬으며 웃자.

—튀르키예에서 맞은 광복절

---

* 사진 별지 참조.

결 1

맘결이 맞아야지
숨결이 잔잔하고

성결이 따스하면
몸결이 달아올라

사는 맛 달짝지근해
한결같이 행복해.

척하며 체하며

척하며 사는 거지
체하며 웃는 거지

모르는 척 괜찮은 척
좋은 체 안 아픈 체

잘난 체 아는 척해서
무슨 수를 바라리.

울산바위

울타리 쳐놓은 듯
하늘을 울리는 듯

금강산 미처 못 가
예서 멈춘 울산바위

머리띠 칭칭 동여매
설악 정기精氣 솟구네.

---

* 사진 별지 참조.

삶의 고개

돌리고 돌리고
젖고 젖혀도
뒤통수는 못 보는
고개

한숨 쉬라는
삶의 고개.

봄날이 가면

가녀리게 꿈틀꿈틀
봄 봄 봄 솟았건만

누리는 희뿌옇고
가슴은 죄어 오고

연두가 초록 되면
맑고 밝아질까
세상이.

기도는 Speaking이 아니라 Listening

수많은 세월을 빌어도
오만 가지 빌어도
내 바라는 것만 비네요

말씀 잘 들을게요
말씀대로 살게요

벅찬 십계명
다지고 새기며

오늘도 당신 말씀
잘 안 들었네요

가슴으로
뉘우칩니다

온몸으로
기도합니다.

—『창조문학』2024 여름

2

꽃 여겨보기

눈에 익혀 가며 기억할 수 있도록 자세히 보다

불두화 佛頭花

부처님 고수머리
눈앞에 굴러왔네

고개는 왜 숙였소
중생께 민망하오

여여如如히 돌고 도는 삶
살맛나게 하소서.

—『시조문학』 2024 여름 한국시조협회

---

* 사진 별지 참조.

큰개불알꽃

벌렌가 들꽃인가
연보라 앙증 깜찍

부르긴 민망해도
봄 담는 복주머니

몸 낮춰 내려다보니
만복 가득 채우네.

---

* 사진 별지 참조.

산수유

이파리 돋기 전에
꽃망울 봉긋 맺혀

다가가 코끝 대니
노오란 신음 소리

도처에 쌈박질 냄새
맡히어라 봄 향취.

자목련

이글거리는 성욕 내뿜다가
오르가슴 한번 제대로 못 느끼는
선짓빛 곤충이어라

눈보라 용히 이겨 내고도
서둘러 봄기운 즐기려는
조바심의 멍울이어라

뉘를 향한 우직한 수줍음인가
뉘를 찾는 충혈된 용솟음인가
뉘를 달랠 처절한 몸부림인가.

─『창조문학』 2007 여름

개나리

노란 미소 머금고

벌   벌
 벌   벌
  벌 벌
   벌
오순도순
도란도란
꼬물꼬물
와글바글

놀라지 마라
의심치 마라
꿀 세상 만들잖아.

천사의 나팔꽃

머리 조아려
대지에 감사하고

눈빛 감추며
늘 겸손 겸허하게
천사의 나팔 불며

경로당 앞에서
주렁주렁 고개 숙였네.

---

* 사진 별지 참조.

옥잠화

누가 옥비녀를
그늘 숲에 던졌는가

볕받이 피해
양달을 거부하고

응달을 향해
굳이 음지만 찾아

새하얀 향기를 품어온
우리 할매
옥빛 비녀.

아기 민들레

문 들레 옹기종기
민들레 이름 얻어

배시시 노란 미소
앉아서 보게 하네

저 낮게 번지며 피는
겸손 공손 배우리.

우리 집 모란

고작 열흘쯤
피었다 집니까

두 손바닥만 하게
짙붉게 펼친
선혈의 흔적

핏빛 황홀은 순식간瞬息間
노란 절정은 돌차간咄嗟間

삽시간霎時間에 강림 하림
일순간一瞬間에 처절 참절

별안간瞥眼間
내 삶이
당신께 빨려듭니다.

—『창조문학』2024 여름

덩굴손

가녀린 손 내뻗어
미더운 이 찾으면
도르르 말리는 앙증

바람에 하늘거리다
애틋한 이 부르면
야무락 감아쥐는 집념

부드러운 수염 쓸며
그리움 익어지면
대롱대롱 허공에 매다는 악착.

—『창조문학』 1996 겨울

무관심 난蘭

말로는 표현하지 못할
오묘 기묘한 내음이
온 방에 은밀히 퍼진다

아마 누군가가
축하한다며
보내 준 난,

구태여 이름도 알려고 하지 않고
서양란이 아니니 동양란이려니
눈길도 제대로 준 적도 없고
그저 창가 빈 곳을 채워 주는
집기 정도로 여겼지

잎사귀 시들면
가차없이 가위질해 대고
줄기 메마르면
물 몇 모금 퍼 주었을 뿐

버림받은 여인처럼
볼품 처량하게 연명해 왔네
이 여인을 보내 준 분께

무례 결례 실례 비례~
죄송할 따름

그저 그냥
창가에 놓여져 있던 난,
당신의 담홍색 함묵含默에
오금이 저립니다

당신의 가쁜 숨소리가
귓전을 때립니다

관심! 경청! 배려!

망태버섯

누가 셔틀콕을
산자락에 던져 놓았나
노란 망사 망토 입은
'망태버섯'

스스로 그물에 들어앉은
'그물버섯'

파티에 참석하러 가기 직전
'드레스버섯'

비 오락가락 장마철
이른 아침에 나타났구나

이글이글 햇살에 사그라지는
저! 찬란한 찰나의 망태

눈부시게 황홀함은
늘 순간순간의 반짝임

아쉽고 그리움은
늘 사라지지 않는 안타까움.

---

* 사진 별지 참조.

병아리꽃나무

이웃집 화단에서
들리는 삐약비약

사위四圍는 울긋불긋
호올로 하얀 얼굴

저마다 색깔 돋워도
독야백백獨也白白 지키리.

눈엽嫩葉

벗꽃잎 흩날리다
바닥에 누웠어도

가녀린 눈엽들은
새파란 숨을 쉬네

쉼 없는 아귀다툼에
싹 트일까 새 세상.

그래서 모란

황금 수술 여린 암술
얼싸안고 노닐더니

붉보라 치마폭에
새까만 알 낳았네

그래서 모란인가 봐
수컷 모^牡
붉을 단^丹.

춘설 난분분 春雪亂紛紛

밤새
어지러이 흩날리더니

새벽
숙연히 잠든 눈꽃

잠시 머물다
하이얀 벚꽃으로
흐드러지게 피려나

머잖아
누군들 싱숭생숭
꽃바람 아니 나리.

꽃무덤

예쁘다 쓰다듬고
다듬고 가다듬다

내 맘에 안 든다고
손대고 눈 흘기면

꽃물결 꽃무리 꽃밭
꽃무덤이 되누나.

---

* 사진 별지 참조.

봄꽃 궁전

봄이면
우리 동넨
온통 꽃 궁전

개나린
잔뜩 발기해 몸부림치며
샛노란 아우성

매환
담 너머로 눈길을 앗아 가는
고혹적인 하늘거림

민들렌
종족 번식 서두르는 조바심

노랑국수꽃은
평생 처음 인사를 나누며
노랗게 배시시

벚꽃은
함박눈처럼
흰 나비같이
하늘하늘 인해전술

목련은
한번 쓰고 내던진
하이얀 물티슈같이
개화 곧 낙화

산수윤
바알간 열매를 맺으려는
집단 흐느낌

살구나문
나도 연분홍 봄꽃이라고
숨소리만 들숨날숨

동백은
다소 늦게 만개해
짙붉게 웃음짓는 아가씨

우리 이웃
모두 모두
벌 나비처럼
봄 향기에 취했네.

잠자는 장미

따스한 볏짚 옷 입은 여왕이여!

지상의 모든 빛깔 모으고
칼끝 같은 가시를 키우며
바르고 올곧게 피어

온누리 난장판 바꿔 주오.

3

사랑 톺아보기

틈이 있는 곳마다 모조리 더듬어 뒤지면서 보다

첫사랑 그대

한 이삼십 년 지나 보니
그때 그게 사랑이었어

눈 감으면 그윽하고
눈 뜨면 아득한
동양화 여백 같은 그대

한 이삼십 년 지나서도
함께 지펴온 불씨 보듬으며
온몸 아리고 저려도
절대 발치할 수 없는 금빛 사랑니

그대는 떨어져 있음에 더욱 목 타도록
빠져 헤매고 싶은 감기 기운

이제 와 생각하니
그때 그게 사랑이었어

아직도 은밀한 서러움에 젖게 하는
결코 남 같지 않은 그대

이제 와 생각해도
불쑥불쑥 가슴 달구고
차마 얼굴 들고 마주 대할 수 없는
내 마음에 새긴 문신^{文身}

그대는
흔들릴수록 한없이 다가가
안기고 싶은 나의 아늑한 밀교^{密教}.

—『창조문학』 1997년 봄호 주제가 있는 시

진정 정말 참말 사랑

진정 사랑한다면
눈썹 치켜 올려
속속들이 들여다보지 않고
흐린 안경 끼고
손발 묶지 않지

정말 사랑한다면
한 톨 씨알이라도
함께 아작아작 씹으며
심장에 지울 수 없는 자묵刺墨
깊이 뜨지

참말 사랑한다면
찰나의 황홀에 눈 까뒤집고
발가벗고 닦달하지

진정으로 사랑한다면
천사의 얼굴로 짐승 소리 내며
시샘의 바다에서 허우적대지

정말로 사랑한다면
낯설지 않은 몸짓으로 다가가
철저히 길들여지지

참말로 사랑한다면
언뜻언뜻 보이는
배신의 눈빛을
증오의 간에 조려 놓지.

바람 1

눈길도 오지 않고
손길도 머물지 않는 들판에 서면
슬며시 일어난다

온몸 구멍구멍마다 스미는 적막
텅빈 자리 메울 풍성한 숲을 찾는다
넓은 어깨에 잠든다

살아 있음을 알아주지 않아도
나비 따라 꽃내음 찾아 한없이 쏘다닌다
따스한 양지 녘 구석에

바라고 기대던 숲에 머물면
거칠 것이 없어라 미쳐 날뛴다
이리저리 흔들리다 지쳐 쓰러지면 그뿐

바라고 바라던 꽃 만나면
가슴 부풀고 심장 벌떡이고
어디로 갈 곳 몰라

녹아들고 수그리고
화끈한 입김 내뿜는다
난 결코 잠들지 않는다
왜 사는지 모르면

달아오를수록 깊은 흔적을 남기고
소리 안 낼수록 넓은 연못을 판다.

—『창조문학』1997 여름

바람 2

나뭇가지 끝에서 꼬리 흔들다
물오른 여인네 치마 들추고
발정한 남정네 발 굴린다

파도의 입천장을 간지럽히다
사알짝 강아지풀 잎새에 앉아
구멍 뚫린 곳마다 불을 지른다

하늘과 땅끝 오가며 팔다리 휘젓다
시커먼 구름 속으로 숨어들어
걷잡을 수 없이 이 마음 들쑤신다

더듬이를 잃고 소리로 남아
바라고 기다리는 마음 찾아
손길 내밀 때마다 제 모습 드러낸다.

—『창조문학』 2008

양파

뿌리보다 허리를 기꺼이 내주는 여인이여!

톡 쏘는 앙탈로 눈물 찔끔 남겨도
매끈한 속살 타고 흐르는 곡선 따라
한없이 색정을 풍기는 마녀여!

켜켜이 벗기고 벗겨도
속마음 드러내지 않는
만만찮은 낭자여!

뿌리보다 허리를 흐뭇이 내주는 여인이여!

—『창조문학』 1996 겨울

꿈의 모순

무리한 바램으로
적셔진
새치처럼

당신의 코스모스 속에
증오를 불어넣을 제
정복될 고독

안으로 안으로만
끓는 안타까움이라

지금은
눈길이 최대의 예인 줄
알면서도

눈 감으면
가능의 불가능이 되어
저만치 서는 자세

서로의 욕망의 설명에
나는 당신의 공범자
당신은 나의 공범자

흐르는 꿈은
잿빛 하늘
가장한 진실.

—서울대학교 사범대학 교지 『淸凉苑』(1964)

강변 찻집

차 한잔에 배인 향기에 취해
진한 모험을 꿈꾼다
쉬 사라질 냄새 피우며

차창에 구르는 불빛에 빨려
야릇한 쾌감에 젖는다
쉬 말라 버릴 침 삼키며

잠시 머물다 말 자리에 잡혀
아슬한 허상에 부푼다
쉬 식어 버릴 체온 달구며

도도한 물줄기 베고
약속을 손가락에 낀다
쉬 뒤집힐 혓바닥 굴리며

소리 죽인 달빛 미끼 삼아
탈출한 고기를 낚는다
쉬 상해 버릴 비늘 떨구며

진실을 거짓으로 은폐하며
속셈을 사랑으로 포장하고
강물 따라 찻물 따라 흘러간다

마음은 나락의 물방울 튀기며
몸은 천국의 문 두드리며.

—『창조문학』 2008

후각적 사랑

뜯어보고 톺아봐도
돌아서면
가물가물

솔깃하고 쫑긋해도
멀어지면
서먹서먹

다디달고 새콤해도
무뎌지면
까칠까칠

얼싸안고 보듬어도
떨어지면
더듬더듬

흐으응 흥–

비릿하고
향긋한
그대 그리움
언제나.

—『한국창조문학』2010

아궁이 앞에서

시들마른 감각에 날을 세워
불 피우고 싶지

미지근한 그리움에 기름 부어
불 지피고 싶지

매캐한 연기 속에 갇히어
불 놓고 싶지

한 뼘 바람에 거칠 것 없이
뼈마디 마디 활활 태우고 싶지

화끈거리는 본능 내뿜으며
성화도 울화도 다 사르고 싶지

짜릿한 요의尿意 참을 것 없이
홧김에 싸지르고 싶지

타다 말면 추해도
그을린 상처만 남더라도
그래도 그래도 불 지르고 싶지.

—『창조문학』 1996 가을 신작시 초대

처용 처의 독백

사람만이 누릴 수 있는 황홀이어라
그대 눈빛
혈맥에 솟구치면
그 어느 때 아무에게도 느끼지 못했던 떨림

무수한 돌팔매가 아우성치더라도
그대 함께라면
지금 이대로가 좋아

잃어버린 품속에 안기는 포근함이어라
은밀한 공간을 열망할수록
아리고 저려오는 애틋함

그대 내음에 더욱 짙어지는
서러움의 나날
영롱한 무지개로 지워 버리고 싶어

허전한 마음 든든히 기댈 신앙이어라
주먹으로 앗을 수 없고
돈으로 살 수 없는 충만함

쉼표도 없이 가쁜 숨 몰아쉬며
그대 그림자 속에
기꺼이 엎드리고 싶어

하늘의 그물을 빠져나오는 전율이어라
그대 뜻대로 모든 걸 내드려도
사람의 법으로는
벌할 수 없는 특권

그대 입김 식지 않는 한
이제 더 이상 바랄 것이 없어

언젠가는 스쳐 갈 찰나의 행복이어라
영원히 숨기고 감추어야 할
침 마르는 궤도 이탈

몸은 줄기에 마음은 가지에
두 줄 걸고
그대 이름에 진한 밑줄을 긋고 싶어.

—『창조문학』 1996 가을

살며시 슬며시

살며시 웃으면
정겨운 관심

슬며시 스치면
불손한 희롱

넌지시 다가오면
사랑의 늪에 풍덩.

가슴 가슴 가슴

땅거미 질 무렵
무지개 출렁출렁

서녘 하늘 용광로
후끈불끈 어안벙벙

눈 침침
귀 멍멍

아이가슴eyegasm
이어가슴eargasm
오르가슴orgasm.

찔레꽃

잔설殘雪이 봄꽃 되어
흰 내음 풍기면서
가시로 몸사리니
멀찍이 서성일뿐

사랑도 가시 돋치면
무엇이든 찌를까.

—『창조문학』 2024 여름

매미 사랑

목놓아 떼를 써야
맺어질 사랑인가

폭염 속 애걸복걸
시한부 밀월이면

떼지어 가을 알리니
아우성도 참으리.

이제 기댈 것이 있다면

이제 기댈 것이 있다면
눈과 눈
자주자주 부드럽게 맞추는 일이다

이제 의지할 것이 있다면
코와 코
한없이 납작하게 낮추는 일이다

이제 바랄 것이 있다면
귀와 귀
가까이 더 가까이 대는 일이다

이제 기댈 것이 있다면
입과 입
조심스레 드문드문 벌리는 일이다

이제 의지할 것이 있다면
가슴과 가슴
숨김 없이 화-알짝 여는 일이다

이제 바랄 것이 있다면
피와 피
엉김 없이 진하게 섞는 일이다

이제 기댈 것이 있다면
구멍과 구멍
빈틈없이 실하게 메우는 일이다.

ー『창조문학』1997 여름

4

세상 흘겨보기

눈동자를 옆으로 굴리어 못마땅하게 노려보다

대나무 감성

이름은 나무인데
풀처럼 쑥쑥 자라

위로만 치오르니
속살은 허탕이네

비바람 휘어질망정
똑 부러짐 없구나

굵어질 틈도 없고
굽을 줄 모르면서

쪼개면 날카롭고
마디마디 힘줄 돋워
깊숙이 뿌리 지키며
꿈적 않고 버티네

댓개빈 대발 엮여
대오린 부챗살로

죽부인 얼기설기
이파린 서걱사각
목 잘린 대나무밥통
가리가리 찢기지

곳곳에 죽창 들고
길길이 날뛰다가
파죽지세 우후죽순
경거망동 내로남불
만백성 죽비소리에
죽음^{竹陰}으로 가리라.

—「詩의 四季」한국문인협회 시분과 사화집(2024)

---

* 죽음(竹陰): 대나무 숲이 만든 그늘.

바다가 얼어도

태양도 얼어붙은
겨울 바다에
속울음 소리 없이
울며불며 밀려오는

민중들
　국민들
　　시민들
군중들
　인민들
　　백성들

유구한 개펄에
생채기 남더라도
따스한 햇귀로다.

DMZ ^{비무장지대}

국경도 아닌 국경을 그어 놓고
피 끓는 젊음을 부르는
슬픈 역사의 강물이 있다

이름 모를 초목이 생동하고
냇물은 쉬임 없이 흐르는데
한번은 밟아 본 내 조상의 터전으로
버려진 유복자

누가 사향노루의 공동묘지로 만들었던가!
결리는 허리처럼
모진 고통의 그늘을 서리게 했던가?

DMZ는
우리의 한숨
'눈으로 적을 잡아라'

DMZ엔
아! 심장을 두드리는
젊은 아우성이 있다.

―『전우신문』(1969. 12. 4)

* 사진 별지 참조.

마천루와 예배당

위로
더 위로 솟구쳐도
욕망은 아득하고

이리로
여기로만 임하소서
바람은 까마득

높이 더 높이
몸부림 버둥질.

폭염

종말이 다가오나
태양의 분노인가

들끓는 위법 탈법
애타는 비리 사기

더 이상
용서 못하리
불볕 죽비 맞으라.

폭설

그토록 뜨겁게 빌더니
그 열기 그 광기狂氣로
응결된 탐욕의 덩어리,
하얗게 탈색되어
갈기갈기 찢긴다

그렇게 두 팔 들어 외치더니
그 무리 그 억지로
뭉쳐진 이기利己의 모래톱,
처연히 무너지어
조각조각 흩어진다

너무나 바라는 게 많더니
그 통성의 기도도
그 깊은 한숨도
하늘은 더 이상
들어줄 수 없어
너덜너덜 토한다

더럽고 부끄러운
나만의 소망,

서럽고 두려운
저마다의 간구懇求,
차갑게 뒤덮고
모질게 다스린다

더 벌치 마라
더 날뛰지 마라
공포의 백신으로
짓누른다

너무 많은 걸 빌었나
너무 큰 걸 바랐나
넘쳐 넘쳐 토하듯 토하듯.

새벽 고속도로

여명을 헤치며 질주하는 장의 행렬 따라
생존을 버리려는 자들
앞다투며 죽으러 가네

영원히 살 것처럼 살러 가는 사람들
한줌 욕심 채우려 목숨 건 자들
누가 먼저 도착하는가
누가 나중 정지하는가

무디어진 삶과 죽음의 경계
산 자 죽은 사람 앞지르며
부지런 떨고 있네

한번 가면 돌아오지 못할 길
날 밝으면 다시 돌아올 길
새벽 고속도로로 주-욱 뻗어 있네.

일요일에만

일요일에만
당신 앞에
가부좌하고
기도드리네요

변화를 외치면서
아집을 내세우고
공존을 떠들면서
이기를 씹고 있고

일요일에도
당신 곁에
가면탈 쓰고
억지 부리네요.

풀숲 안팎

풀숲
저 그윽한 속에선
소나기 퍼부으면
해일을 겪고

뙤약볕 뒤덮이면
가쁜 숨 헐떡이며
먹고 먹히는 약육강식

조용히
서서히
적자생존

풀숲
저 드넓은 밖에선
눈빛만 낯설어도
죽어, 죽어

내편이 아니면
죽여, 죽여
동무가 아니면 반동
센소리 악다구니.

—2023년 한여름 대한민국 수도 서울 한복판에서

그물

고래 잡을 그물로
멸치를 건져 올리려 하네

새우 잡을 그물로
상어를 나포하려 하네

그물을 걷어라
그물이 뚫렸다

법망은 촘촘한 듯
성글고 성기네.

구멍 내기

두꺼운 껍질로 덮인
답답한 세상
그래서 거기에 구멍 낼 수밖에

막막한 허공에 가득한
숨 막히는 기체
그래서 거기에 구멍 뚫을 수밖에

팽팽한 근육을 드러내는
다툼의 일상
그래서 거기에 구멍 팔 수밖에

낮이 가고 또 밤이 오는
지루한 세월
그래서 거기에 구멍 낼 수밖에

여기가 저기고
저기가 여기인
눈 시린 풍경
그래서 거기에 구멍 뚫을 수밖에

그놈이 그놈이고
그년이 그년인
신물 나는 몰골
그래서 거기에 구멍 팔 수밖에

한없이 파고 파도
끝없이 뚫고 뚫어도
채워지지 않는 호기심
그래서 거기에 구멍 낼 수밖에.

—『창조문학』 1996 가을 신작시 초대

지하철에서

앞사람 바로 보지 못하고
뒷사람 믿지 못하고
옆사람 훔쳐보는
눈초리의 전쟁

어디서 본 듯한 얼굴들 굳어 있고
만나선 곤란한 얼굴들 외면하는
무언의 질주

코 흘리는 아이들
새로운 발견에 신기해하고
허벅지 드러내고
겨드랑 냄새 피우며
가슴팍 깊이 파인
노출의 전시

눈을 감고
우울한 생각다가
눈을 뜨고
희비를 저울질하는
눈치의 흔들림

지금까지 만나고 헤어졌던 사람들처럼
정해진 역에서 뿔뿔이 흩어지네

내 앞에 서 있던 사내
내 곁에 앉았던 아가씨
내 뒤에 기댔던 어른
어느 역에서 내리고 탔는가
일부러 기억할 필요조차 없는 이들.

동포 여러분

옥석을 가릴 줄도
시비를 따질 줄도

모르며 떠도느냐
알면서 흔들리냐

한두 번 넘어갔던가
억조창생 깨어나라.

막말 망발

말로써 불쑥 튀어
존재감 드러내려

앞뒤도 안 가리고
뱉어 낸 막말 망발

혓바닥 꼬인 망나니
표 바친 자 누군가.

내 편 네 편

오늘이 있기까지
하늘에 매달렸냐

떫어도 한강 기적
입 발린 민주 투쟁

아직도 과거 들추며
서로서로 눈흘김.

취성암

앉으면 술 깬다는
전설 어린 바위
취성암醉醒岩

남한산성 중턱에 가서
권력에 취한 자들
잠시 앉히면 각성할까

정신 나간 이들이
적지 않은데
그 바위에 앉히면
제정신 돌아오려나?

우리 모두에게
경성警醒하는 듯하네.

네 수준

국민 팔고 서민 속여
표 끌어 희희낙락

금배지 번뜩이며
사리사욕 배 두들겨

백성아 어엿브도다
그들 수준 네 수준.

갈대의 독백

흙바람 흔들어 대
잠시도 쉴 수 없네

홀로이 생각 잠길
겨를을 주옵소서

차라리 화-악 불 질러
새 벌판 일구고져.

추상적 추상追想

비우면 채워진단
말씀을 부여잡고

몸부림 맘 졸임도
살며시 다졌건만

여전히 엷은 미소로
체면치레 치르네.

다시 붓 잡고

붓 잡고
바로앉아
하소연
써 보고져

머릿속
소용돌이
갈피를
못 잡겠네

힘 빼고
스르르 써진
칠흑 같은
한 일―자.

_____

* 사진 별지 참조.

상생

너보다 앞서가야
내 삶이 든든하다

남보다 더 가져야
내 가슴 윤기난다

상생相生아 입술 침마름
제 마음속 속이네.

태평성대

갈바람 콧마루에
찬 기운 뿜고 가네

가마솥 불볕더위
누리를 삶더니만

어허허 염량세태^{炎涼世態}가
태평성대 불허하네.

5

자연 돌라보기

주위를 요리조리 두루 살펴보다

달팽이처럼

이빨도 없다
뼈대도 없다
허술한 집안에서 태어나
맑은 이슬 머금고

소리도 없다
성욕도 없다
끈적이는 체액
스르르 흘릴 뿐

그저 알몸으로
살아가는 식물

아무도 탓하지 않는다
아무도 기리지 않는다
누가 누구보다
잘나고 못났나
누가 누구보다
더 가지고 못 가졌나

걱정이 앞선다
애처로운 마음 한 조각

손대면 바스라질 몸뚱이
속 비치는 실핏줄에 싣고 산다

긴 목 뽑아들고
스치는 바람에 숨 죽이고
겨우 살아 있는 짓시늉만 하며
한 포기 달빛에 고개 숙인다.

—『창조문학』 1996 가을

분재

제멋대로 살다가는
제 몫 다 못하는
후천적 장애

언제까지
비틀리고 옭죄인 체위로
그대 눈동자 속에
실컷
안복眼福을 채워 주어야 하는가

손때 타서 못 자라고
당신의 손아귀 아래서만
기지개 펼 수 있는
금지옥엽金枝玉葉

가슴 활짝 열게 해다오
허리 마음껏 펴게 해다오.

매 맞는 숯내

오랜 목마름 끝에
장대비가 매를 들었나

천둥소리
달래듯 을러메듯
대지를 두들겨 댄다

다리 위 배수구마다
폭포수 같이
찌든 울화를 토해 낸다

세상은
호되게 뜨거운 맛을 봐야
촉촉해지는가 보다.

---

* 숯내: 탄천(炭川).

봄

저 새싹들이 꿈틀거리는 걸
우러러보라고 봄이다

이 겨울옷 갈아입지 못하는 걸
살펴보라고 봄이다

굽어보라 봄이다
쳐다보라 봄이다
바라보라 봄이다
내려다보라 봄이다
둘러보라 봄이다
톺아보라 봄이다
여겨보라 봄이다
도두보라 봄이다
들여다보라 봄이다
티보라 봄이다
휘돌아보라 봄이다.

전지剪枝 작업

내 맘에 안 든다고
내 삶에 성가시다

실가지 싹둑 잘라
푸른 피 낭자하네

잔인殘忍타 못 대든다고
무자비한 난도질.

—『시조문학』 2024 가을

갈대와 억새

우린
두 손 높이 흔들고
머리카락 휘날리는
친구지

햇빛에
잿빛 미소 짓고
달빛에
하얗게 훌쩍이며
해마다 끈질기게
제자릴 지키는
형제지

갈대는 억새를
풀이라 부르고
억새는 갈대를
나무라 이르던
솜털 같은 시샘

벌판 들판 산판에선
내가 너보다 옅고 작다
물가 냇가 못가에선
내가 너보다 굵고 크다
우린
으뜸이며 버금이지

갈대는 갈 때
처절 지저분하게
고개 숙이고
억새는 억셀 때
맵시 곱게 부리며
모가질 씻네.

플라타너스 낙엽

지저분한 생각에 잠겨
플라타너스 나무 밑 거닐 때
소리 없이 떨어지는
구겨진 보자기

속고 속이며 살아온
삶의 흔적이
펼쳐져 드러나네

퇴색해야 아름다운
추억의 조각을 쓸어 버리고
동면을 하면서
다시 새로운 봄을 기약한다.

낙엽 되고 돌이 되어

낙엽은 거침없이 살아난다
바람을 마시면

돌들은 기지개 펴며 숨을 쉰다
물을 머금으면

사람은 눈멀고 귀먹으며 돌고 돈다
사랑을 품으면

메마른 낙엽이 방향 잃고 구르듯
잠자던 돌들이 온몸을 흥건히 적시듯

시들고 말라 빠져 살다가도
한 뼘 틈새로 그리움 스며들면
걷잡을 수 없이 낙엽 되고 돌이 된다.

낙조

향 내음 스미도록
조용한 저녁이 지날 무렵

한낮의 미련을 떨구기에
너무도 그윽한 사연 머금어
타는 듯 무늬진 하늘에
가만한 웃음을 새기는

진홍의 여운이라

여로를 머리에 인 나그네 발길에
이제는 퍼부어 쏟을 향료 떨어져
암흑으로 이끄는

노을 비낀 푯말 되어

다시는 오지 못할 순간을 위해
가장 화려한 송별연 맨 끝 좌석에
살며시 취해 머문

여인의 얼굴같이

또 하나의 아포리아를 잉태한 채
안타깝게 말이 없는

모든 슬픔의 씨방

아직은 남아 있는 잔촉^{殘燭}처럼
멀리 사라지는 석정^{惜情}에
하이얀 스카프를 흔들 무렵.

—서울대학교 사범대학 교지 『清凉苑』(1966)

서낭바위
-강원도 고성 송지호

빌었다 빌었다
부채 되어
성난 파도를
잠재워 줬다

빌고 또 빌었다
용왕께 와인 한잔 받아
온 마을 불콰하게 했다

빈다 빈다 빈다,
손바닥 닳도록
머리에 인 가녀린 소나무
등뼈 휘어지지 않기를.

---

*서낭: 토지와 마을을 지켜 준다는 서낭신, 성황신.
*사진 별지 참조.

국사봉 해넘이

먹구름 휘몰아서
찬란히 스러짐은

뭇별들 반짝이게
정갈한 마련인가

내일엔 맑고 정겨운
금오金烏 맞이하려나.

지렁이의 주검

길바닥 한편에
흉물스레 꾸물럭거리는
지렁이 몇 마리

대지를 박차고 나온 건
첫눈에 날뛰는 강아지처럼
비를 사랑해서가 아니리

스며든 빗물이 점령해 버린
흙 밑 세상
숨쉬기조차 버거웠으리

한때는 신령스러운 용, 지룡地龍, 토룡土龍

트였던 숨도 잠시일 뿐
비 멎고 구름 걷혀 땅 마르자
그 몸도 시시각각 꾸덕꾸덕 말라갔다

뒤늦은 후회로 몸을 비틀 때마다
끈질기게 들러붙는 흙먼지들
태초부터 누군가의 애걸 따위를

들어줄 귀를 가지지 않아서
숨마저 아껴 가며 간신히 붙들고 있던
몸의 물기를 한 방울 남김없이
죄다 앗아 가고 있을 즈음

발 밑 한번 제대로 둘러볼 여력 없이
바삐 빨리 살아가는 중생들은
그만 툭 밟아 버렸다

외로움을 넋두리 삼는 인간들
그저 그저
무심히 살생을 했다
너희도 그렇게 사라져 가리.

범벅 개펄

땅거미 드리우니
하늘 땅 범벅이다

해넘이 불그레하니
개펄이 출렁인다

하늘은
혓바닥으로
펄 바닥 핥다가
들끓는 용광로 속으로
뒤엉킨다

세상은
이렇게 밀고 당기는구나
세상은
저렇게 아름다워지는구나.

삶의 바다

바다를 보는 분들
바다를 걷는 이들

바다를 파는 자들
바다를 읽는 중생

바다가 바탕이거늘
바닥까지 헤치랴.

황해에 발목 잡혀

썰물 빠진 개펄에서
익사한 연가들이 숨 쉬고 있다
밀물 맞는 갯바위에
발정한 밀어들이 잠기어 있다

뭍이었어야 할 물
진실이었어야 할 고백

밀고 당기던 가슴들이
멍들어 있다

하나가 되었어야 할 바다와 육지
맞닿았어야 할 몸과 마음

빛 바랜 추억들이
발목을 잡고 있다.

—『창조문학』 2008

남도한정식

깔밋한
한옥에서
깔끔한
수륙진찬^{水陸珍饌}

맛깔나고
진진하여
깔축없이
들었더니

주인장
깔깔거리며
넉살스레 눈맞춤.

달

어쩌다 고개 들고 보면
둥글넓적 누님이지

간간이 머리 젖혀 우러르면
샐쭉 야윈 누이네

스-을쩍 곁눈질해 엿보니
쌀쌀맞던 그 소녀로고
보름마다 애타게 바뀌는 여인이지.

소요산의 소요

경기 소금강이라는
소요산逍遙山은
이름 그대로
'멀리遙 보며 거닐어야逍' 할 터인데

오색찬란한 단풍잎 같은
갑남을녀, 장삼이사,
필부필부, 선남선녀
떠들썩하고 슬렁거리며
소요騷擾를 떠는 듯하다

단풍에 들떠
단풍에 젖어
단풍 같은 삶.

눈은 내리는데

순식간瞬息間에
세상을 감춘다

창졸간倉卒間에
음모가 숨는다

별안간瞥眼間에
두려움 덮인다

저 눈 녹으면
어언간於焉間에
모두 다 사라질거나.

6

내 속 들여다보기

내 마음의 서랍

내 마음
서랍 깊은 구석에
추억이 생쥐처럼 엎드려 있네

열면
머뭇머뭇 수줍은
비밀이 꼬물거리고

닫으면
가쁜 숨 몰아쉬며
순수가 잠자고

내 마음
서랍 좁은 바닥에
욕망이 옹이처럼 박혀 있네

뺄 때마다
뒤섞여 헝클어진
절망의 실타래를 추스르고

넣을 때마다
은근히 간직할
희망의 실마리를 풀어 놓고

내 마음에
결코 잠글 수 없는
작은 서랍이 있네

언제나 열었다 닫았다 하는 서랍
뺐었다 넣었다 하는 서랍.

―『月刊文學』 2008 10월호 통권 476호 한국문인협회

나 혼자 있을 때

빈 하루를 때웠기에
도무지 내 찾아갈 길 없는
쉬임 없는 사념을 따라
내일로 향한 도정을 짜고

나 혼자 있을 때

그리도 넘나들던 타의의 세계
안 되겠다 다시금 입 다물며
내 스스로 모든 것의 척도가 된다

나 혼자 있을 때

너를 보낸 아쉬움에
대화를 요리하며
함께 거닐던 길, 그 길로
너의 이름을 쓰며 걷는다

나 혼자 있을 때

내 맘이 무너지기 전에
가깝고도 먼 무서움 피해
얼굴빛보다도 창백한 마음으로
너를 좇아
돌, 돌이 되어
너의 심해心海에 물팔매로 던져지리라.

─서울대학교 사범대학 〈문학의 밤〉 낭송(1965)

내 가슴의 구름

날마다 내 가슴에
구름이 피어오르네

아침 저녁,
고운 노을 속으로
양떼를 몰고 가며
기쁨의 싹을 틔우고

달무리질 무렵,
엷은 면사포 쓰고
양탄자 위를 거닐며
배풂의 꽃을 뿌리네

햇볕 따사로운 한낮,
욕망의 굴레를 벗고
새털같이 포근하게
누림의 열매를 품고 있네

별안간
온 세상 잿빛 속에 잠기더니
갑자기
허망한 소나기 세차게 퍼붓네

양털구름, 털층구름, 새털구름,
뭉게구름, 먹구름, 두루마리구름…

내 가슴엔 언제나 구름이 걷히질 않네.

−『창조문학』 2007 여름

시조 입문

헛헛한 이내 마음
한두 줌 모아오며

담아둘 용기 찾다
질그릇 만났으니

시조로 얽히고설킨
심사 털어 넣으리

맑은 눈 시벗들이
따스히 얼러 주면

서툴고 얼뜨나마
다듬고 보태어서

옹골진 시조인^{時調人}으로
겨레가락 읊으리.

—『시조문학』 2024 여름 통권 231호

이럴 수밖에 없습니다

밝은 태양 아래
더 이상 숨기고 감출 길 없어,

차라리 모든 것을 드러낼 수밖에 없습니다

살아갈 날이 살아온 날만큼
힘차고 길지 않을 것 같아,
진실을 걸러낼 가는 체를 찾을 수밖에 없습니다

진한 사랑 한번 받아 보지 못하고
열정적인 사랑 한번 하지 못했기에,
스잔한 마음의 공터를 공개할 수밖에 없습니다

시인 마을 입구에 굵은 금줄 걸려 있기에,
그 안에 계시는 분의 부름을 받고 출입할 수밖에 없습니다.

-『창조문학』1996 여름

청출어람

선생님
어두운 뱃길을 열어 주는
등대가 되라 하셨지요

제 모습 잃어버린
점멸하는 신호등이 되었습니다

멎지도 닫지도 못하고
눈알 튀기는
전봇대로 섰습니다

선생님
썩지 말고 간 맞추는
소금이 되라 하셨지요

염기 빠진 '엔에이씨엘$Nacl$'이 되었습니다.

물 좀 주세요

가뭄이어요
내 가슴은 갈라진 논바닥이어요
뿌연 먼지 푸석푸석 일어나는 맨땅이어요

물 좀 주세요
단물이 아니어도 좋아요
한 모금 사랑으로 적셔 주세요

목이 타요
내 마음은 속 끓는 불덩이예요
시샘의 불꽃 지글지글 다투는 아궁이예요

물 좀 주세요
싱싱한 물이 아니어도 좋아요
한 방울 정이라도 뿌려 주세요
애간장 녹아요
내 몸뚱이는 식지 않는 열통이어요
한 서린 분노 솟구치는 활화산이어요

물 좀 주세요
시원한 물이 아니어도 좋아요
한 마디 참말이라도 던져 주세요.

땅 파먹기

땅을 깊이깊이 파면
야생의 밥이 자라고
발행 안 된 돈이 깔려 있고
생명의 젖이 흐르고
영원한 고향의 흙이 숨쉬지

책을 깊이깊이 파면
피나는 갈등이 싹트고
냉엄한 비관이 누워 있고
실없는 고집이 웅크리고
끈적이던 쾌감이 숨을 거두지

땅을 깊이깊이 파면
현란한 절망이 사라지지
책을 깊이깊이 파면
안타까운 희망이 무너지지.

돌 같은 사람

공룡의 울음 들으며
안개꽃 향기 내뿜는
침묵의 알로 태어나

신소리 쓴소리 모두 듣고 산다
한마디 대꾸도 안 한다

돌아눕지 않는다
돌아앉지 않는다
믿음 앞에선

돌아보지 않는다
돌아서지 않는다
본능 좇아

이브의 젖무덤 닮고
전혀 화장기 없는
돌 같은 사람 어디에.

—『창조문학』 1998 여름

구멍 1

한없이 들여다보고 싶다
캄캄한 비밀의 깊이를

가만히 손 넣고 싶다
알 수 없는 음모의 방을

가득히 채우고 싶다
텅 빈 마음의 밑바닥을

마구 후비고 싶다
답답한 신비의 문을

거친 숨 몰아쉬며
흥건한 침묵을 깨뜨리고 싶다

좁을수록 애태우고 깊을수록 빨려드는
정체 모를 신음을 파헤치고 싶다.

ー『창조문학』1996 신인상

구멍 2

너무 오래 비워 두면
강약을 가리지 않고
청탁을 묻지 않고
그저 허전함 메우기 급급한
빈 광장

아무도 찾지 않고
누구도 들여다보지 않으면
썩은 물이라도 마시고 싶은
고독한 몸부림

순간만이라도 존재하고
찰나만이라도 행복하면
자존심조차 저버리는
아름다운 반란의 촉수

드는 문은 좁아도
한없이 넓고 깊은 속에
달아오른 따스함에
몸서리치는 바람기.

연잎 물방울

빗방울 모아 모아
은방울 굴리다가

버틸 힘 부치면은
옆으로 쏟뜨리는

연잎에 넘칠 듯 말 듯
때맞추어 살으리.

7

주위 휘돌아보기

막차

우물쭈물하다
막차를 타다

사방 돌아보고
턱 수그리며
스스로 묻다

'행복하니?'
'살 만하니?'

이미
막차에 올랐으니

'그래'
'그렇다니까'

나지막이

'다음 차가 없잖아…'

수직 주름살

위로 더 위로 오르려던
욕망의 줄기들이 새겨져 있네

좌-악
고뇌의 비수
지나간 흔적

더욱더 깊어 깊어 보려던
사랑의 핏줄들이 말라 버렸네

싸-악
잔 정情을 지운
독점적 횡포

가로를 허용치 않는 세로는
세로를 방치하는 가로는
불안한 균형을 흔드네.

—『창조문학』 2008

회일익조

굴러 부딪치는 조잘음＋에
서광^{曙光}을 빗서
구름은 일고
반짝이는 냇물에 흘러들어
그믐은 지난다

그러면 호연한 산은
운무를 걷어 그늘을 만들고
칠야가 빚어낸
태양의 조명으로
가무는 공연된다

세상은 무대 되고
'나'들은 배우 되어
태고의 원시로 돌아간다,

아직 남아 있는
하얗게 퇴색된 그믐달을 잊은 채….

─서울대학교 사범대학 교지 『淸凉苑』(1965)

---

*회일익조(晦日翌朝): 그믐 다음 날 새벽.

내 담 네 담

숨기고 감추어도
아름답게 부드럽게

정답게 슬기롭게
내 땅 네 땅 금 그어도

뒤꿈치 살짝 들어서
넘겨볼 수 있으리.

---

* 사진 별지 참조.

별생각 없이

세상을 살다 간 분들
지금도 목숨 붙어 있는 사람들
별
별
별로 허공에 박혀 있네

바람 한 점 불지 않고
풀벌레 한 마리 울지 않는 적멸 속에
불현듯 별똥 하나 굴러 내려오네

별생각 없이
별로 큰일이라 여기지 않고
잔잔한 균형에 빗금 하나
주우-욱 긋네

치유할 수 없는 깊은 상처 남기고
한숨을 쉬며
별생각 없이 그렇게 살아가네
별빛을 보듬으며.

—『창조문학』 2008

어떤 시화전

수줍은 처녀 선 보듯
곱게 단장한 얼굴 위에
미소와 슬픔의 루즈를 칠하고

그림이 눈에 들어야
눈빛을 받고
제목이 맘에 들어야
발목을 잡는

작은 글씨 시는
눈길 드문
알맹이 허술한 잔치.

77년 7개월

철조망 넘나들며
한껏 색향 뿜어대던
장미도 얼굴 주름지고

오가는 차들의 굉음 속에
팽팽 접시 돌리던 접시꽃
회전을 멈추었네

화류계 빠져나와
환향한 기생초는
까치발하며 까마귀 경계하고

울릉도 섬초롱은
희미한 초롱불을 켜고
고향 생각

칠십칠 년 하고도
일곱 달 버텨 온 늙다리

아파트 15층 256계단을
오르내린다

오늘도
이승에 더 머물겠다고
바동바동
아득바득.

초하루 해맞이

언제 뜨느냐
어디서 뜨는가
새벽 어스름
기다림 조바심

목마름 끄트머리
그대들 마음속에
떠오른 태양

저 멀리 아득하네

몽촌토성 망월봉,
아침을 몰고 오는
푸른빛!

갑진 청룡의 해
새날은
흩뿌리는 금빛 햇살로

세상을 아름답게 열어
소망의 빛으로
가득 채운다

제발
새해는 새로워라
부디
아침같이 참신하여라.

새벽 느낌

혼자다
희끄무레 이어지는
오늘

홀로다
걷고 뛰고 숨쉬는
쳇바퀴

이슬 머금은 꽃들아
가지 흔드는 나무들아
같이 놀자
함께 즐기자

혼자 홀로는
늘 두렵단다.

등배운동

하나 두-을
처절하게 자존심 꺾는다

세-엣 네-엣
당당하게 배짱 내민다

하루에 몇 번이나 굽히고 버티는가

다섯 여섯
머리 떨궈 깊이 사죄한다

일곱 여덟
허리 젖혀 밝은 태양을 반긴다

하루에 몇 번이나 뉘우치고 깨우치는가.

—『창조문학』1996 여름

돌담

다정히 엉버티며
돌돌돌 도란도란

하나만 삐끗하면
와르르 내려앉아

너와 나 부둥켜안고
지키어라 제자리.

검진 결과

아직 머리는 복잡하다
얼굴엔 세월의 개천이 흐른다

마음의 무게는 정상
애는 타서 없어지고
간은 졸이다가 녹다

뱃살에 아직 욕심이 차 있다
가슴에 텅빈 공간 위험하다.

젊음의 무지개

우리 모두 만나요
뜨거운 가슴으로
눈빛을 마주치며

우리 모두 사랑해요
내일을 꿈꾸면서
손잡고 발맞추며

그대와 나는
기쁨도 사랑도
함께 나눠 줄 수 있어요

그대와 나는
미움도 슬픔도
함께 안아 줄 수 있어요

우리의 머리 위엔 언제나
젊음의 무지개가
영롱하게 떠 있어요
젊음의 무지개가
찬란하게 떠 있어요

우리 모두 모여요
늘푸른 마음으로
손벽을 힘껏 치며

우리 모두 같이 가요
미래의 언덕까지
손잡고 발맞추며

그대와 나는
외로운 사람들
함께 도와줄 수 있어요

그대와 나는
비바람 눈서리
함께 이겨 낼 수 있어요

우리의 머리 위엔 언제나
젊음의 무지개가
영롱하게 떠 있어요
젊음의 무지개가
찬란하게 떠 있어요.

－〈전경의 노래〉박경현 작사

버려진 무덤

버리면 잊히리라
죽으면 뉘 기억하리
떠나면 뉘 챙겨 주리

무덤을 뚫고 솟아오른 아름드리
뉘 빼어 주리
몸속에 스며든 이물질
뉘 헹궈 주리.

잘 가시게 친구여

때로는 형제처럼
가끔은 경쟁자로

십팔에 눈 맞추고
칠팔에 눈 감았네

인연생因緣生 명심불망銘心不忘해
극락왕생하소서.

8

스스로 티보기

흠집 찾아 살피다

발바닥 인사

우리 식구는 모두 학교에 다닌다. 아내와 나는 가르치러, 딸과 아들은 배우러 간다. 내가 가장 먼저 출근을 한다. 우리 학교는 어스름 새벽에 출발해야 여유 있게 첫 강의 시간에 댈 만큼 원거리에 있기 때문이다. 집을 나서기 전에 아내는 물론 아이들과 아침 인사를 나눈다. 아무리 바쁜 세상을 살아가더라도 적어도 집을 나설 때는 반드시 가는 곳을 말하고, 밖에서 돌아왔을 때에는 반드시 귀가했음을 알려야 집안 식구들의 유대가 든든해진다는 소박한 믿음에서이다. 곧 우리네 전통이었던 '출필곡 반필면出必告 反必面'의 변형이라고나 할까? 또 요즈음 같은 불확실성의 시대에서는 식구들을 아침에 잠깐 보고 저녁에 상면하지 못하는 불상사가 적지 않게 일어나는지라, 잔망스러울지 모르지만 걱정 반 근심 반에서이다.

대충 출근 채비가 끝나면 나는 고양이 걸음으로 아이들 방으로 간다. 얼마전까지만 해도 일방적으로 "아빠, 학교 간다. 오늘도 보람있게 지내라."라고 나직한 목소리로 인사를 해 왔다. 그러나 이런 말인사만으로는 너무 허전섭섭해서 요사이는 스킨십을 하며 인사를 한다.

한때는 곤히 잠들어 있는 아이들을 굳이 깨워서 앉혀 놓고 인사를 나누기가 어려워 가볍게 피부 접촉만 하기도 했다. 손을 살며시 잡거나 손바닥을 비벼 따뜻해진 손으로 이마를 짚으며 인사를 한 적도 있다. 그럴 때마다 아이들은 머리를 설레설레 흔들면서 짜증 내기 일쑤였다. 하필 달콤한 새벽잠에 초를 치느냐는 투로. 때로는 머리를 쓰다듬거나 목덜미나 귓불을 슬쩍 만지기도 했다. 그러나 역시 오만상을 찌푸리며 금방 무슨 일을 낼 것처럼 도전적인 반응을 나타내기까지 했다. 잠자는 공주와 사자를 잘못 건드린 양 말이다. 이럴 때마다 인사하는 애비 쪽이 오히려 민망스러웠다.

언젠가는 무의식중에 "아빠, 먼저 간다. 오늘도 재미있게 지내라."라고 한 적이 있다. 그랬더니 그날 저녁 아이들은 단체로 따지고 들었다. '왜 먼저 간다.'고 말하느냐는 것이다. 별생각 없이 한 말인데, 아이들에게는 아마 이 애비가 '먼저 저세상으로 간다.'는 뜻으로 들려 섬뜩했던 모양이다. 아니, 무슨 꼬투리라도 잡아 지겨운 조조의식早朝儀式을 피해 보려는 심산에서였는지도 모른다. 그런 추궁을 당하고 나서부터는 아이들에게 조금이라도 책잡히지 않으려고 어휘 선택에 신중을 기해 그저 '학교 간다.'라고 말하기로 했다.

아이들은 새벽마다 별로 반갑지 않은 의식을 하러 가는 인기척만 나도 이불을 푹 뒤집어쓰곤 했다. 이러다가는 아침 인사로 부자지간의 정을 도탑게 하기는커녕 가장인 내가 귀찮은 거머리로 전락될까 두렵기도 했다. 그래도 아이들이 방문을 굳게 걸어 잠그거나, 그 흔한 '취침 중', '방해하지 마시오Do not disturb.'와 같은 경고문을 문밖에 내걸지 않은 것만으로도 다행스러웠다. 애비가 문밖에 서서 말만으로 인사를 나눌 수도 있지만, 그것만으로는 왠지 좀 삭막하고 내 자신이 낯선 손님이 된 것 같은 느낌이 들었다. 적어도 가벼운 피부 접촉을 하고 눈맞춤을 하면서 인사를 나누어야 피붙이끼리의 체온이 유지되는 것이 아닐까? 그래서 나는 끈질기게 이런 짓궂은 언행을 계속해 왔다. 아니, 아이들의 반응에 아랑곳하지 않고, 이런 인사법은 반드시 우리 집안에 정착시켜야 하겠다는 오기 같은 것도 생겼다.

어느 날이었다. 그날도 나는 인사를 나누려고 아들아이의 방문을 슬며시 열었다. 벌써 이불을 머리까지 끌어당기고 결코 편치 않은 일조의식日朝儀式을 거부하는 자세를 취하고 있었다. 어디 만질 데가 마땅치 않아 두리번거리고 있었는데, 마침 이불 밖으로 삐죽 나온 엄지발가락이 보였다. 이불을 지나치게 끌어올리다 보니 그렇게 된 것이다. 나는 하릴없이 이불을 살짝 들추고 발을 가볍게 만지작거리며 인사를 할 수밖에 없었다. 종전과 같은 거부 반응을 보이지 않길래 조심스레 발바닥을 손아귀에 넣고 지그시 눌러 주었다. 뜻밖에 아들은 눈을 가늘게 뜨고 엷은 미소를 머금는 것이 아닌가. 그날 이후부터 나는 이불 속으로 손을 넣어 아이들의 발을 쥐었다 놓았다 하며 아침 인사를 나누게 되었다. 몇 차례 이런 방법을 썼더니 이젠 아이들이 자진해서 발을 이불 밖으로 내밀 정도가 되었다. 한술 더 떠 발가락을 꼼지락거리는 호의를 보이기까지 했다.

아들의 발은 시컴두툼해서 장정의 미더움이 느껴지고, 딸의 발은 얄팍말쑥하여 규수의 섬세함이 닿아 온다. 아침 인사로 애비의 손과 아이들의 발이 접촉하는 것을 '악수握手'라 해야 하나? '악족握足'

이라 해야 하나? 어쩌다 우리 가족은 이런 인사를 나누게 되었나?

언젠가 아들 녀석이 굵직한 목소리에 어울리지도 않게 "왜 오늘 아침에는 발을 만지지 않으셨어요?" 하고 어리광부리듯 항변했다. 나는 묵묵부답할 수밖에 없었다. 사실은 그날 녀석의 발을 만지려는 순간, 코를 찌르는 냄새가 나서 선뜻 손이 가질 않았다. 출근길에 손에서 역겨운 냄새가 쉬 가실 것 같지 않아서 말인사만 했다. 그러나 나는 그런 자초지종을 상세히 이야기할 수가 없었다. 모처럼 개발한 아침 인사법이 흔들리지나 않을까 하여. 다만 아내를 시켜 우회적으로 "아빠가 너희들 발을 만질 때, 얼마나 정성을 들이는 줄 아니. 손을 깨끗이 씻고 로션까지 바르신단다."는 말을 지어서 아이들에게 전하게 했을 뿐이다.

발을 보면 건강 상태가 어떤지 금방 알 수 있다고 한다. 발은 인체의 축소판이라고 할 만큼 모든 장기의 신경 조직과 연결되어 있다고 한다. 발바닥의 윗부분은 머리, 가운데 부분은 내장, 뒤꿈치는 생식 기능과 긴밀한 관계를 지닌다는 것이다. 또 발은 제2의 심장이라 할 만큼 혈액 순환에 막대한 영향을 끼친다고 한다. 그래서 발바닥 빛깔이 밝고 깨끗하면 건강 상태가 좋은 거란다. 그러나 티눈이 생긴다든지 발뒤꿈치에 굳은살이 생긴다면 몸에 이상이 생겼다는 적신호라는 것이다. 발바닥 만지기를 꾸준히 하면 오장 육부와 신경 조직의 반사 부위를 자극해 피로 회복은 물론 질병까지도 치유할 수 있다는 것이다.

우리는 '발' 하면 냄새 나고 더러운 부위로 격하하지만, 외국에서는 오래전부터 전문가에게 발 관리를 받는 게 보편화되어 있다고 한다. 러시아 사람들은 '밥은 굶어도 발 관리는 한다.'고 할 정도로 열성적이라는 것이다. 독일이나 프랑스에서는 발 마사지나 발꿈치 관리가 일반화되어 있고, 발 건강에 절대적인 영향을 미치는 신발 연구도 상당하다는 것이다. 최근 서울 거리에도 발을 전문적으로 관리하는 업소가 드문드문 보인다. 이런 점에서, 내가 발견한 인사법은 아이들의 건강에 도움을 주고 식구들끼리 정을 나누는 좋은 방법이라는 생각을 굳히게 되었다.

　우리 모두 저마다 바삐 살아간다. 그러나 최소한 이런 인사나마 매일매일 나누게 되면, 부모와 자식 사이의 정도 은은히 샘솟고 대화의 장벽도 허물어지고 마음의 교류도 서슴없이 오가지 않을까 한다. 나는 앞으로도 아침마다 기꺼이 아이들과 발바닥 인사를 나눌 것이다. 그리고 스스로도 내 손으로 내 발바닥을 자주 만지련다. 한 몸 붙이끼리 건강하게 지내자고.

－『수필과비평』 1997 5·6월호 현대 정예 수필가 작품

사용 절도

살다 보면 본의 아니게 죄를 짓는 경우가 있다. 사람들은 자신이 한 일이 법에 어긋나는 것인 줄 모르다가, 어느 날 위법 사실을 깨달았을 때 어떤 태도를 취하게 되나? 변명을 하고 싶기도 하고 한편 쑥스럽기도 하겠지.

나는 비교적 잠이 없는 편이다. 하루 평균 네댓 시간 정도 잔다. 특히 새벽잠이 없다. 아무리 늦게 취침해도 새벽이면 눈이 저절로 떠진다. 어쩌다 여행 중에 일행과 한 방에서 잘 적에도 어김없이 새벽에 일어나 이것저것 구시렁거린다. 그래서 동숙자들에게 곱지 않은 눈길을 받기도 한다. 어떤 이는 "무슨 고민이 있느냐?" 동정조로 말하기도 하고, 어떤 이는 "뭐, 그렇게 부지런하냐?" 칭찬조로 말하기도 한다. 그럴 때마다 나는 쑥스러움을 면하기라도 할 양, "조국의 앞날과 인류의 미래를 생각하면 잠이 잘 안 옵니다."라고 거창하게 농담조로 답하기도 하고, "죽으면 영면할 텐데, 잠 자는 시간이 아깝지 않소." 하며 구차한 변명을 늘어놓기도 한다. 그러나 우리 집 아이들이 입시생일 때 기상 시간을 부탁하면 어김없이 들어주어, 아이들도 자신의 대학 진학에 내가 혁혁한 공을 세웠다는 것을 인정한다.

내가 잠이 없게 된 까닭을 굳이 찾는다면 아마 20대 초 군대 생활 때 든 습관 때문이 아닐까 한다. 최전방 관측소[OP]에서 관측 장교로 근무한 적이 있다. 당시는 북한 특수부대 요원들이 청와대 습격을 기도했던 1.21사태가 발발한 지 얼마 뒤라, 비무장지대[DMZ]의 철책선 근처에는 남과 북 사이에 팽팽한 긴장이 감돌던 때였다. 몇 명의 사병과 함께 나는 산꼭대기 벙커에서 "눈 뜨면 살고 졸면 죽는다."는 경고를 철저히 지키고 있었다. 그때 매일 밤낮 없이 포대경으로 적정을 주시하며 "눈으로 적을 잡아라."라는 명령을 수행했다. 나의 잠이 없는 습관이 이런 상황에서 굳어졌는지도 모른다.

꼭두새벽에 일어나면, 한때는 밖에 나가 체조나 줄넘기를 한 적도 있고 조깅을 한 적도 있다. 그러나 이른 아침부터 땀을 뻘뻘 흘리는 것이 힘에 붙이기도 하지만 공연히 동네를 시끄럽게 하는 것 같아 언젠가부터 삼가게 되었다. 그 대신에 동네 일원을 빠른 걸음으로 산책을 하며, 갓 부임한 동장처럼 이곳저곳을 살폈다. 아파트 이 동 저 동의 경비실에서 새벽잠을 못 이기고 졸고 있는 경비원들은 게슴츠레한 눈빛으로 "어느 놈이 새벽부터 부지런을 떠는가?" 하고 달갑지 않은 표정을 짓는 듯하였다.

어느 날이었던가. 상가 앞을 지나는데 셔터 밑으로 반쯤 들어가다 만 조간신문이 보였다. 순간 나는 주춤거리지도 않고 그 신문을 집어 들고 잠시 읽게 되었다. 참새가 방앗간을 그냥 지나칠 수 있을까? 아침 신문의 큰 제목만 보고 못 본 척하고 그냥 지나갈 먹물이 어디 있으랴. 모든 사람들이 잠든 시간에 일어났던 사건들의 내용을 제일 먼저 접하는 듯한 야릇한 쾌감을 느꼈다. 그 후부터는 나는 새벽마다 여기저기 어슬렁거리며 셔터 밑으로 들어가다 만

조간신문을 종류별로 찾아보게 되었다. 어떤 신문은 정치·사회면을, 어떤 것은 연재소설을, 어떤 신문은 휴지통, 만물상, 횡설수설 등 가십난을 읽게 되었다. 내가 이렇게 상당 기간 이 집 저 집의 조간신문을 무료로 보는 것을 신문 배달원들이 눈치채었는지, 어느 날부터 갑자기 셔터 밑으로 들어가다 만 신문들이 보이지 않았다. 특히 눈이나 비가 오는 날 아침이면 그런 신문은 눈 씻고 보아도 발견되지 않았다.

하는 수 없이 그 후부터 나는 신문 보급소를 찾아다니며 배달하다 남은 신문을 얻어 보게 되었다. 보급소에 가서 "신문 한 장 얻을 수 있어요?"라고 하면 대개 순순이 무료 증정을 잘해 주었다. 그러나 연이어 아침마다 거머리같이 찾아가 신문 한 장 달라니까. 보급소에서는 곱지 않은 눈길을 보내고 심지어는 "아저씨, 그러지 마시고 우리 신문 하나 보세요."라고 정기 구독을 요청받기도 하였다. 아침 배달에 손이 달리는 사람들에게 매일 아침 찾아와 공짜 신문을 보려는 내 태도가 마땅치 않았던 것이다.

그때부터 나는 동전 몇 닢을 들고 가 호락호락하지 않은 보급소 직원에게 건네주며 "난 결코 너희 신문을 공짜로 보지 않는다."는 표시를 하기도 했다. 그것도 하루 이틀이지, 새벽일을 하는 사람들에게 염치없는 사람으로 보였을 것이다. 그러나 나는 이미 새벽 산책길에 조간신문을 모두 읽지 않으면 답답증이 나는 깊은 병에 걸려 있었다.

솔직히 말해, 나는 남의 집 앞에 있는 신문을 읽다가 시간에 쫓겨 집으로 되돌아오면서 읽고 출근길에 도로 갖다 놓기도 했다. 어떤 때는 제자리에 갖다 놓지 않고 착복한 적도 있다. 또 보급소에 갔을 때 아무도 없으면 그냥 집어 온 적도 있었다. 어떻게 하든 나는 수단 방법을 가리지 않고 조간신문을 통독하고야 출근하는 병에 걸렸다. 남의 소유물을 몰래 사용하고 다시 갖다 놓는 일이 처음에는 가슴 두근거리게 했으나, 그런 일을 비일비재하게 하고 나니까 배짱이 두둑해졌다.

어느 날 친구들과 한담을 나누다가, 나는 조간신문을 모두 다 본다고 자랑삼아 이야기했고 그것도 공짜로 본다고 허풍을 떨었다. 그랬더니 어떤 친구가 반색을 하며 내가 절도죄 그중에서도 사용절도를 범하고 있다며 무거운 충고를 해 주었다.

형법상 '사용 절도'란 남의 재물을 일시 사용한 후 곧 반환할 의사를 가지고 자기의 점유에 옮기는 것을 말한다고 한다. 예컨대, 잠시 타고 돌아올 작정으로 타인의 자전거를 무단으로 사용하는 행위가 그 예라는 것이다.

그동안 나는 전과 몇 범이나 되나? 이젠 개과천선해야지. "잘못을 저지르고 고치지 않는 것을 바로 잘못이라고 이르느니라過而不改 是謂過矣(과이불개 시위과의)."는 선현의 말씀을 명심하면서. 그래도 죄인으로서 최후 진술을 남긴다면, "나는 단연코 남의 '가정집' 문 앞에 놓인 신문은 절대로 사용 절도한 적이 없습니다."라고 변명하고 싶다. 마지막으로 제가 신문을 그냥 가져와 애먹었을 배달원님께 무릎을 꿇습니다. 오래된 범죄지만 이제 솔직히 자백하오니 너그러이 해서海恕해 주옵소서.

─『수필과비평』 1996 제26호 신인상

총각 선생님

백합동산에서 젊음을 불태우던 시절이 떠오른다. 하얀 진·선·미 삼각 손수건을 가슴에 꽂은 학생들과 황금 같은 20대를 보냈다. 첫 발령을 받고 부임했을 적에는 고3 학생들과 겨우 대여섯 살 차이밖에 안 나는 총각 국어 선생으로 하루하루를 '소문에 살고 루머에 죽으며' 황홀한 생활을 했다. 그때 그 단발머리에 뒷덜미 희디흰 학생들이 지금쯤 모두 40대 중년의 아낙들이 되어 있으리라. 재직 중 수도여고를 졸업한 동료 여교사와 전교를 떠들썩하게 하며 결혼하기까지, 나는 총각 선생으로 누릴 수 있는 영광과 몸 둘 바를 모를 극성?에 들떠 있었다.

살아 움직이는 꽃과 책상 위에 꺾어다 꽂은 꽃숲 사이에서 생활하는 여고 총각 선생. 분명 이 타이틀을 가져 보지 않은 이는 흔히 빗나간 상상을 하는 분들도 있으리라. 그들은 아마 묘한 언어의 뉘앙스를 느끼거나 '섬마을 선생' 류의 유행가를 경청하는 뽕짝 애창가일지도 모른다. 그러나 나의 수업을 듣던 학생들이 소녀티를 벗고 제법 어른스러운 여인으로 성장해 가는 동안 나는 교단 언저리에서 꼭 채워야 할 공백이 너무 많았다.

교사! 윌리암 파슬은 '인간전원人間田園의 경작자耕作者'라고 말했다. 진정 교사는 생명 있는 인간을 기르고 있기 때문에 농부의 경우와 흡사할 뿐 아니라 그 이상인지도 모른다. 학생들이 인생의 새벽에서 넓디넓은 여백 위에 어떤 그림을 그릴까 구상하며, '알겠다'고 반짝이는 눈동자 속에 너무도 깊은 순수를 간직하고 있음을 볼 때, 교직은 조그만 수확을 위해 불꽃 튀는 정열과 의욕 없이는 '있을 곳'이 못될 뿐더러 '있을 수도 없는' 직업이다.

그런데 나는 학생들과 세대를 같이하는 총각 선생, 더구나 꿈을 키워 주어야 하는 국어 선생이었다. 나의 하루하루 학교생활이 학생들의 머릿속에 녹음되어 전파되고 항시 머리끝부터 발끝까지 날카롭게 주시되고 있었다. 진정 훌륭한 연극배우가 아니고는 치르기 힘든 배역을 맡고 있었다. 이런 긴장의 울타리 속에서 나에게 붙여진 별명도 많았다. '목 없는 미남, 독약에 감초, 홍길동, 살아있는 미라, 목석 같은 사내, 100미터 미남, 박스타로치' 등 모두가 다 의미심장한 별명들이었다. 대부분의 학생들은 나를 한 눈으로는 선생님으로 또 한 눈으로는 이성으로 보고 있었다. 이런 '위기의 자리'를 극복할 수 있는 적절한 방법을 모색하는 것이 당시 나로서는 당면한 제1의 과제였다.

또, 다른 선생님들의 언행보다도 나의 일거수일투족이 학생들에게 지대한 영향을 미침을 부인할 수가 없었다. 학생들은 '예쁘다'는 칭찬을 가장 좋아하고, 편중편애를 가장 싫어해서 시샘이 대단했던 것 같다. 많은 학생들을 집단으로 지도해 점점 규격화되어 가는 교육 풍토, 이런 상황에도 참다운 교육은 지식만의 전달이 아니라 인격과 인격의 접촉이어야 한다는 나의 교육관이 싹텄다. 교사는 '믿음'이라는 보수保手를 굳건히 지니고, 항시 도전하는 직업인 것 같다.

학생들이 교문 밖 사회가 은연중 가르쳐 주는 것과 교실 안에서 배우는 것이 서로 모순됨을 알 때, 그 무서운 반론은 정말 나에게 무거운 책임감을 갖게 했다. 집안에만 틀어박혀 원만한 가정의 운영을 강조하던 전근대적인 사고방식을 탈피하고 새로운 여성상을 제시해 주어야 하는 고충도 있었다. 그러나 늘 발랄하고 꿈 많은 학생들 속에 묻혀 생활하노라면, 항상 젊음의 윤기를 간직할 수 있는 면도 있었다. 교사는 다른 직업처럼 아첨과 거짓말을 강요치 않는다. 모든 면에서 선생과 학생의 선을 뚜렷이만 그어 놓는다면 보람과 사랑을 동시에 지닐 수 있는 밝은 면이 기다리고 있다.

정말 아무나 선생님이 될 수 있을까? 정말 아무나 때로는 다정한 오빠 같고 때로는 근엄한 아저씨 같은 여학교 총각 선생이 될 수 있을까? 이제 와 생각하니 수도여고 시절 나는 희뿌옇게 화장한 가면을 쓰고 식은땀 흘리던 '남성'이었고, 교육학 이론을 고수하던 융통성 없는 '햇병아리 교사'였던 것 같다. 어느덧 50대에 들어선 나에게 지금도 스승의 날이 되면 빠짐없이 수도여고 시절 제자인 '백합 세 송이'가 백합꽃과 동양란을 보내 준다. 오늘도 지난 4반세기 전 나의 총각 선생 시절을 떠올리며 백합 향기에 취해 소중히 난을 키우고 있다. 교직의 첫발을 내딛고, 반려자를 만나 인생의 첫출발을 했던 백합동산. '아아, 어찌 꿈엔들 잊힐리야.'

－『백합동문회보』 제5호 수도여자고등학교동창회보(1996. 12)

아버지의 그림자

　일전에 어느 대학에서 마련한 중등학교 교사 연수에 강사로 나간 적이 있었다. 1교시 끝내고 복도에 나와 잠시 쉬는 동안, 웬 중년의 여선생님 한 분이 다가와 엷은 웃음을 띠며 조심스럽게 무엇 좀 물어보아도 되겠느냐 했다. 무얼 물을 것인지는 모르지만 쾌히 그러라 했다. 여선생님은 곧바로 혹 교수님 아버님께서 교장을 하시지 않았느냐, 그분이 '박 교장 선생님이 아니냐?', '혹 그분의 아드님이 아니냐?' 하고 면접시험을 하듯 꼬박꼬박 물어 왔다. 물을 때마다 그렇다고 끄덕이자, 몹시 반가워하면서 어쩜 그렇게 아버지를 빼닮을 수 있느냐 신기해하며, 목소리며 말하는 모습까지도 아버지와 너무너무 똑같아 한번 물어보았다는 것이다. 그리고 자신은 아버지를 어느 학교에서 몇 년간 모시고 있었다고 했다. 강의가 다 끝나고 점심시간이 되자 그 여선생님이 아버지를 알고 있는 서너 분의 선생님과 함께 휴게실로 찾아와, 오전 강의시간 내내 아버지를 직접 뵙는 것 같은 착각에 빠졌었다고들 합창을 하듯, 내가 아버지의 틀림없는 아들임을 증인까지 대동하고 확인해 주었다.

　아버지의 1주기로 일가친척과 아버지의 친구분들이 모였을 때도, 둘째 아들인 내가 아버지를 쏙 뺐다며 모두들 이의 없이 나를 분명한 아버지의 아들임을 또 확인해 주었다. 어떤 분은 얼굴 부위를 하나하나 들어가며 어떤 점이 어떻게 닮았는가를 해부학적으로 증명하기도 하였다.

안방에 들어와 벽에 걸려 있는 아버지의 영정을 한참 바라다보았다. 서글서글한 눈매, 오똑한 콧날, 좀처럼 쉽게 떼지 않을 듯한 입술, 여간해서는 세상 잡사에 솔깃하지 않을 듯한 귀, 빈틈없이 가지런히 빗어 올린 머리, 온화단정하신 모습… 어디든 차근히 보아도, 하루에도 몇 번씩 거울을 통해 보는 내 얼굴과 같은 데가 전혀 없는 것 같았다. 그런데 생전의 아버지를 뵌 적이 있는 사람들은 내가 왜 아버지와 흡사하다고 할까. 어머니까지도 주석조차 달지 않고 나와 아버지는 닮은꼴이 아닌 붕어빵이라고 단언하실까. 알다가도 모를 일이다. 결혼을 해 분가하기 전에, 간혹 전화 목소리가 아버지와 똑같아 나는 일명 '작은 교장'으로 불린 적은 있었다. 그러나 남들이 말하는 것처럼 나 자신은 얼굴이 같다고 여기지는 않았었다.

어린 시절 아버지는 매년 설날이 되면 우리 다섯 형제를 불러 앉히고, '빚을 지지 말라'는 요지의 가훈 비슷한 말씀을 내리실 뿐, 평소에는 자질구레한 훈계나 질책을 하신 적이 없다. 남에게 물질적으로나 정신적으로 빚을 지게 되면, 스스로 노력하여 성취하려는 자립정신을 잃게 되고 떳떳한 사람으로 살아가기 어렵다는 말씀뿐이었다. 전쟁으로 본의 아니게 고향을 떠나 월남한 자식들에게 삶의 활력소를 불어넣어 주시려는 의도에서 똑같은 말씀을 매년 내려주신 것 같다.

내가 제 뜻대로 진로를 선택하여 사범대학에 진학하고 졸업한 후 어느 여자고등학교의 교사로 첫 출근하기 전날부터, 근엄하기만 하고 과묵하기만 하던 아버지가 틈나는 대로 나에게 줄기차게 충고를 하셨다. 교직은 끊임없이 도전하는 성직이다, 재물을 탐하면 녹슨 훈장이 된다. 학생 하나하나를 평등하게 대하라, 그러기 위해 학기 초에 제출한 학생들의 생활환경조사서에 너무 의존하지 말라, 언행을 삼가고 의관을 단정히 하라, 선배 교사들에게 맹종하고 후배 교사들을 따뜻하게 대하라, 심지어는 제자와 결혼해서는 안 된다는 등 헤아릴 수 없는 계명을 내리셨다. 아버지는 40여 년 교직에 종사하시면서 경험에 바탕을 둔 교직관을 자세히도 나에게 전수하시려고 했다.

비디오를 틀어 고희 잔치 때의 아버지의 움직이시는 모습을 찬찬히 보았다. 지천명을 바라보는 나의 얼굴은 거뭇거뭇하고 여기저기 엷은 기미가 끼고 바늘로 찔러도 피 한 방울 나오지 않을 정도라고 남들이 이야기하듯 긴장되어 있고, 웃음을 잃어버린 추상이 되어 있다. 주위 사람들 말대로 아버지를 똑 닮으려면 어떻게 살아야 할까? '그 공장에서 그 물건이 나온다.', '결코 원판은 변하지 않는다.'는 원판불변의 원칙을 믿어나 볼까!

용인 자연휴양림 치유의 숲길을 걷고 오다가 인근에 있는 원삼遠三중학교를 방문했다. 선친께서 1963년 초대 교장을 지내신 학교다. 1964년 대학 신입생 때 털털거리는 시외버스를 타고 먼지 자욱이 이는 시골길을 달려 아버지를 뵈러 간 적이 있다. 10여 명의 선생님들이 교문 양쪽에 도열까지 하고 나를 환영해 주셨다. 먼 길을 찾아오는 교장 아들을 반갑게 맞이하려는 시골 교사들의 순수성 때문이었을까? 암암리에 학교 당국에서 강제 동원한 것이었을까? 존경하고 위엄 있는 교장 선생님 가족에 대한 예의를 표한 걸까? 같은 사도師道의 길에 들어선 까마득한 후학을 북돋워 주려고 했던 걸까?

아버지의 흔적은 문서상으로 학교 연혁에 초대 교장의 존함을 밝힌 것뿐 사진 한 장도 없었다. 다행히 당시 무궁화 몇 그루를 심고 기념으로 남긴 비가 있다. 거기에 새긴 '國香萬里' 넉 자를 몇 차례 소리내 '국향만리'라고 읽으며 아버지의 교육관을 미루어 짐작해 보았다. 급작스러운 방문에도 현직 교장 선생님께서 반가이 맞아 주셔 고맙기 그지없었다.

노 페 인 노 게 인

어려서부터 명절 때가 되면 잠시라도 고향을 다녀오는 사람들이 부러웠다. 우리 가족은 6.25 전쟁 때 정든 고향을 떠나 38선을 넘어온 피난민이기 때문이다. 선친께서는 집 한 칸 없고 가까운 친척도 없는 타향 땅에서 살아갈 길은 오직 제 힘으로 열심히 노력하는 것뿐이라고 우리 형제들에게 단단히 이르셨다. 어쩌다 술이라도 한잔 드시면 우리를 모아 놓고 '노 페인No pain! 노 게인No gain!'이라고 다함께 따라서 외치도록 하셨다. 어린 나는 그 뜻도 제대로 모르고 그저 리듬이 재미있어서 외우다시피 했다. 그 뒤 영어를 배우면서 '노 페인 노 게인'의 철자도 알게 되고 의미도 깨닫게 되었다. 어디 든든히 기댈 데도 없고 변변히 가진 것도 없는 우리 형제들은 "고통 없이 얻을 수 있는 것은 없다No pain No gain.", "투자 없이 생산 없다No input No output.", "세상에 공짜란 없다No sweat No sweet." 등의 아버지 말씀을 좌우명으로 삼으며 살아왔다.

선친께서는 고등학교 교사이셨지만 우리 5형제를 공부시키기에는 경제적으로 항상 쪼들리셨다. 그래서 나는 초등학교 때부터 여러 가지 아르바이트를 했다. 학비가 모자라서가 아니었다. 그 당시에는 교사 자녀는 기성회비가 면제되었고 같은 학교에 형제가 다니면 반액 감면해 주어 우리는 비교적 많은 혜택을 받으며 학교에 다녔다. 그러나 나는 용돈을 벌기 위하여 새벽에 신문을 배달한 적도 있다. 어린 내가 눈을 비비며 아무도 모르게 새벽길에 나설 때마다 아버지는 나보다 훨씬 먼저 일어나시어 커다란 싸리 빗자루로 앞마당을 쓸고 계셨다. 스스로 달콤한 새벽잠을 줄여 가며 신문 배달을 하는 나를 대견스레 여기는 듯 아버지의 새벽 비질 소리는 경쾌하게 들렸다.

신체적으로 허약하고 정신적으로 심약하던 내가 동네 사람들에게 '부지런한 새 나라의 어린이'로 칭찬을 받게 된 것은 바로 이 아르바이트 덕이었다. 한때는 시내의 큰 서점에서 일한 적도 있다. 방과 후부터 늦은 저녁까지 서점에서 책도 팔고 포장도 해 주는 일을 하였다. 아마 그때 그 서점에 진열되어 있던 수많은 책을 다 읽지는 못했지만 모두 손을 대 보기는 한 것 같다. 내가 어문학에 관심을 기울이게 된 계기가 여기에서 시작되었다고 할 수 있다. 고등학교 1학년 때는 중학교 3학년 학생 집에서 먹고 자면서 가정교사를 했다. 그 뒤 대학 4년 동안도 내내 가정교사 노릇을 했다. 장관, 국회의원, 장군, 부유층 집안의 자녀들을 가르쳤다. 그러고 보니 내 교육 경력은 그때부터 따지면 반백년도 넘는다.

주위에서는 아버지께 "선생님이 자기 자식을 너무 험하게 키운다."는 둥 "이북 사람들은 참 무서워!" 하는 둥 곱지 않은 시선을 보내기도 했다. 나 스스로도 '이렇게 대책 없이 형제들을 많이 낳아 이 고생을 시키나!' 하는 원망을 한 적도 있다. 그러나 지금 와 생각하니 그 쉽지 않았던 여러 가지 아르바이트가 나에게는 자립심을 몸에 붙게 하고 튼실한 건강을 유지할 수 있게 한 것 같다.

　요즈음 부모님을 잘 만나서 아무 어려움 없이 공부하고 흥청망청 생활하는 젊은이들을 보면, 그러다가는 '얻는 것보다 잃는 것이 더 많을 것이다.', '부모의 사업이 무너지면 너도 함께 낙오자가 되리라!'라는 충고를 해 주고 싶다. 노력하지 않고 힘들이지 않고 복권, 도박 등 일확천금을 노리는 사행심에 빠져 있는 이들을 보면, '거품이 커지면 알맹이가 안 보인다.', '큰 것만 바라다가는 아무것도 이루지 못하는 경우가 있다.'라고 일러 주고 싶다. 숱한 어려움을 겪고 고등고시를 합격한 이들 일부가 합격한 다음부터는 자신의 지위에 걸맞은 노력을 하지 않고 모든 면에 대우만 받으려 '젊은 영감', '거들먹거리는 상전'들을 보면, '노블레스 오블리주noblesse oblige'라고 나직하게 그들의 귀에 대고 쏘아 주고 싶다.

　우리 사회에는 고통이나 고난을 겪어 보지 않고 최소한의 땀조차 흘리지 않고 편안히 무임승차하려는 이들이 늘어 가고 있는 것이 아닌가 한다. 삶의 최고 가치인 '사랑'까지도 아무 노력 없이 얻으려는 이들도 적지 않다. '한눈에 반해서 결혼했다.'는 사람들이 있는데 참으로 위험한 생각이다. 50%의 확신밖에 안 서기 때문이다. 사랑은 대학 입학시험 공부하듯이 두 남녀가 꾸준히 천천히 희로애락을 함께하면서 키워 가야 더욱 두터워지는 것이 아닐까. 이제 나는 갓 돌이 지난 내 손녀에게도 'No pain No gain!'의 진리를 물려주고 싶다.

─「잊을 수 없는 말 한마디」 한국인성교육개발지도봉사단(2004)

거울을 닦으며

하루에도 몇 번씩 거울을 본다. 주로 외출할 때 습관적으로 보게 된다. 별로 신통치 않은 생김새지만 남에게 불쾌함을 주지 않기 위해서이다. 아니, 그저 그 자리에 거울이 붙어 있기 때문인지도 모른다. 이 방 저 방에 걸려 있는 거울을 자주 보기는 하되 닦는 일은 흔치 않다. 내 몰골이 속속들이 드러나는 것이 두려워서는 아니다. 거울은 벽에 걸려 거울로서 사명을 다하며 내 전체의 모습을 보여 주고 있으니 굳이 닦을 필요가 없어서이다.

'파경破鏡'이라는 말이 있다. 글자 그대로의 의미는 '깨어진 거울'이라는 뜻이다. 그러나 이 말은 다음과 같은 고사에서 연유한 말이다. 옛날 어느 부부가 이별할 때 거울을 둘로 쪼개어 한쪽씩 나누어 가지고 뒷날 다시 만날 때의 증표로 삼았다. 그러나 아내가 불륜을 저질러 거울의 한쪽이 까치로 변하여 남편에게 날아와 부부의 인연이 끊어졌다는 고사에서 연유한 말이다. 그래서 이지러진 달이나 부부의 금실이 좋지 않아 이별하는 일을 비유할 때 쓰인다.

결혼은 왜 하는 것일까? 그 누구도 확연히 대답하기 어려운 의문이다. 성경에서는 '음행한 연고로 남자마다 자기 아내를 두고, 여자마다 자기 남편을 두라 남편은 그 아내에게 의무를 다하고 아내도 그 남편에게 그렇게 할지라'[고린도전서 7:1]고 하였다. 사람은 혼자의 상태로 내버려 두면 동물적 본능을 주체할 수 없이 이 여자 저 남자에게 몸과 마음이 쏠리기 쉽기 때문에, 인간의 음탕한 마음과 몸을 절제하게 하기 위해서 결혼을 허락한 것인가 보다. 그러므로 어느 한쪽이 바람을 피우면 그 이유가 무엇이든 간에 결혼의 근본 뿌리를 뒤흔드는 것이다. 바로 결혼은 오로지 한 배우자와 몸과 마음을 나누기로 한 성스러운 약속이라고 하겠다.

결혼한 아내와 남편이 해야 할 의무는 무엇일까? 또 성경 말씀을 인용하여 알아보는 것이 가장 진리에 가까울 것 같다. '아내들이여 자기 남편에게 복종하기를 주께 하듯 하라 이는 남편이 아내의 머리 됨이 그리스도께서 교회의 머리 됨과 같음이니 그가 바로 몸의 구주시니라 그러므로 교회가 그리스도에게 하듯 아내들도 범사에 자기 남편에게 복종할지니라' 하였고, '남편들아 아내 사랑하기를 그리스도께서 교회를 사랑하시고 그 교회를 위하여 자신을 주심 같이 하라 남편들도 자기 아내 사랑하기를 자기 자신과 같이 할지니 자기 아내를 사랑하는 자는 자기를 사랑하는 것이라'[에배소서 5:21]하였다. 아내에게는 복종을, 남편에게는 사랑을 의무로 말씀하셨다. 정상적인 서양 여자들이 남편에게 비합리적이고 억지에 가까운 도전하는 것을 본 적이 있는가? 틈나는 대로 남편의 사랑을 확인하기 위해 수없이 'I love you.'를 받아내지 않는가?

부부 생활은 어떻게 해야 하는가? 부부는 '종족 번식, 성적 만족,

재산 증식, 독점욕' 등으로 맺어져서는 안 되는 것이다. 아이를 못 나면 헤어져야 하나? 어느 한쪽이 성불구자가 되면 차 버려야 하나? 파산 선고를 받으면 돌아서야 하나? 일시적인 부정행위가 탄로 나면 깨끗이 이혼해야 하는가? 갑작스런 사고로 장애자가 되면 끝나는 것인가? 아니다. 부부 생활은 하나로 존재하기에 부족한 인간의 속성을 원만하게 채우려고 하는 것이다. 쉽게 말해서 '凹와 凸의 부족한 공간을 채워 回의 상태를 기약하는 것이다.

이를 동양에서는 '화이부동和而不同의 묘妙'라 했다. '조화를 꾀하되 서로 다름을 인정하는 원숙을 향한 지고至高의 인간 행위'라 했다. '금실이 좋다.'는 말이 있다. '금琴'과 '슬瑟'은 현악기다. 두 악기는 서로 크기도 다르고 줄의 수효도 같지 않지만, 함께 연주하면 기묘한 화음을 이룬다는 것이다. 소프라노끼리 제창을 하면 재미없다. 알토, 바리톤, 테너가 어울려 합창을 해야 하모니가 이루어지는 것이다. 아내와 남편은 서로 다르다. 그러나 목표는 같아야 한다는 것이다. 곧 '개성의 반만 살리고, 반은 죽이는 생활'이 부부 생활일 것이다.

'비익연리比翼連理'라는 말이 있다. 부부 사이가 화목함을 비유하는 말이다. '비익조'라는 새는 암수의 눈과 날개가 하나씩이라서 짝을 짓지 않으면 날지 못한다. '연리지'라는 나무는 두 나무 가지가 맞닿아야 결이 서로 통해 접목이 가능하다. 서울 잠실에 '연리지 예식장'이라고 있는데 좋은 상호라고 생각한다. '부부가 서로 닮아야 한다.'는 말은 바로 이런 뜻일 것이다.

부부 사이는 촌수로 '무촌' 또는 '영촌'이다. 서로 남이었던 8촌 밖의 사람들이 만나서, 1촌인 부모보다 2촌인 형제보다 더 가까워진 것이다. 그러나 돌아서면 다시 8촌 밖의 관계가 되는 것이다. 요즘 유행가 가사에 '님'이라는 글자에 점 하나만 찍으면 '남'이 되는 세상'이라는 구절이 있다. 정말 '점 하나' 잘못 찍으면 남이 되고 원수가 되는 관계이다. 무의식중에 어디에다 '점 하나' 찍을 생각만 품어도 안 된다. 원만한 부부 생활은 상대를 달라지게 하려는 일방적인 강요나 집요한 투쟁이어서는 안 되고, 서로를 인정하고 무시하지 않고 화합을 향한 부단한 노력에서 이루어지는 것이다.

다시 '거울'의 의미를 되새겨 본다. 거울은 평면을 유지해야 그 구실을 다한다. 조심스럽게 다루어야 깨지지 않는다. 수시로 닦아야 자신의 참모습을 볼 수 있다. 상대방에게 잘 보이려는 도구다. 깨지면 쓸모가 없고 흉기가 되기도 한다.

심리학자들은 말한다. 부부 관계를 일그러뜨리고 깨뜨리는 원인은 배우자의 부정, 학대, 친척 관계, 경제 문제, 성적 부조화 등에 근본 병인病因이 있지 않고, 배우자에 대한 무관심, 습관화된 무시, 눈맞춤의 결여, 신비감의 상실' 등 '마음'에 있다는 것이다. 육체의 부정不貞보다 마음의 부정不淨이 더 무섭다는 것이다.

가끔 주례를 설 때마다 이런 말을 신랑 신부에게 해 준다. '사랑은 서로 들여다보는 것이 아니라, 동일한 목표를 향해 함께 바라보는 것'이라고. 신혼 초에서 이성을 들여다보는 것이 신기하고 신비스럽기까지 하다. 그러나 몇 달만 지나면 약점이 드러난다. 부부는 암수의 경지에만 머물러서는 안 된다. 부부는 청춘의 연인이며 중년의 반려자이며 노년의 보호자다. 서로가 신비감을 가지고 끝까지 자기 존재를 발가벗듯 드러내지 않는 양파와 같아야 한다.

부부는 20대에는 서로 신이 나서 살고, 30대에는 서로 환멸을 참으면서 살고 40대에는 미운 정 고운 정 다 들어 서로 체념하며 살고, 50대에는 서로 가엾어서 살고, 60대에는 서로가 없어서는 안 되기에 살고, 70대에는 서로 고마워서 산다는 말이 결코 우스갯소리만은 아닌 것 같다.

집행 유예

그날 밤은 소리도 빛깔도 없었다. 갑자기 밤의 정적을 짓밟은 한 무리의 발자국 소리가 베갯머리에 와닿았다. 아파트 차임벨이 무수히 두들겨졌다. 수하誰何도 없이 몇 켤레의 구두가 순식간에 현관을 차지했다. 두근거리는 가슴은 침입자들의 얼굴을 흔들어 댔다. 잠깐 같이 가셔야 되겠습니다. 잠깐이면 됩니다. 곤히 잠든 식솔들의 숨소리는 지프차의 엑셀러레이터 소리에 묻혀 버렸다. 나는 모든 것을 드러낸 채 햇빛이 쏟아지는 광장에 세워졌다. 그 광장은 재판정이었다. 나는 '소환장, 임의 동행, 묵비권…' 등 수없는 용어로 항변해 보았다. 소용없는 지껄임이었다. 광장의 하늘에는 낯익은 지기들의 데스마스크가 희죽거리고 있었다. 어느 누구도 나에게 동정 어린 눈빛을 띨 수조차 없었다.

형체를 알 수 없는 재판장의 늙수그레한 목소리가 환청처럼 울렸다. 인정신문이 시작되었다. 피고의 성은 나무㊅를 등지고 남근을 꺼내 소변 보는[ᆞ] 형성자인가? 피고인의 이름은 천자문의 한 구인 '경행유현景行維賢'에서 두 자를 따온 것이지? 피고의 나이는 자칭 불혹이라 하던가? 피고의 본적은 38선 이남 휴전선 이북인가? 피고의 현주소는 조용한 아침 나라 서울의 매연 굴뚝인가? 피고의 직업은 사도邪道를 사도師道인 양 외쳐 대는 사이비 인간 경작자인가? 보잘것없는 족보로다. 글쎄요, 재판장님 말씀에 틀림이 있다고 할 수는 없는 것 같습니다.

곧이어, 기소장이 낭독되었다. 피고는 오자誤字의 거리를 활보하면서, 자신의 강의를 듣는 최고 학부의 언치言痴, 문치文痴들의 억세고 투박스런 사투리 하나 고쳐 주지 못하면서, 자신이 거주하는 아파트 단지의 '잔디밭 출입 금지', '재털이' 등 푯말 하나 교정하지 못하면서, 몇 장의 수필 하나 제대로 쓰지도 못하면서, 국어 교육은 이래야 되느니 국어학적 고찰은 이러느니 촘스키가 어떻다느니 풍월을 읊는 등, 실행은 지극히 적었고 이상만 크게 가진 '행소대모죄行小大謀罪'를 범했노라. 인정하는가?

―그것도 죄가 됩니까? 그리고 나만 그랬습니까?

뿐만 아니라, 피고는 툭하면 혈연과 지연과 학연을 들이대어 스스로를 보온하려 들었고, 피고는 혼자 약은 체하며 여기저기에 붙어 편하고 빛나는 자리를 차지하고자 당돌함을 자랑했고, 심지어는 맵시 나는 차를 손수 운전할 때 규칙을 다반사로 위반하고도 맵시 있게 빠져나가는 등, 강자를 등에 업고 거들먹거리는 '호가호위죄狐假虎威罪'를 범했노라. 인정하는가?

―그것도 죄가 되나요? 나만 그럽니까?

또, 피고는 행이면幸而免하기 위해 정직을 가장해 왔고, 피고는 주석에서도 친교를 빙자한 짓거리를 일삼았으며, 이해를 생각하는 눈알을 튀겼고, 월요일부터 토요일까지 온갖 행패를 다 부리고 일요일에 성전에 뻔뻔스레 앉아 있는 등, '표리부동죄^{表裏不同罪}'를 범했노라. 인정하는가?

　―그게 죄가 됩니까? 나만 그래요.

　그리고 피고는 자신의 허물을 죄가 안 된다고 변명하기 바쁘고, 자신만이 그런 죄를 지은 것이 아니라 남도 그렇지 않느냐는 억지를 쓰고 있으므로 '물귀신죄'를 가중하노라.

　―정말 왜 이러십니까? 재판장님, 이런 누명이 어디 있습니까? 이건 무고^{誣告}입니다. 정말 나만 그런 일을 자행하고 있습니까? 솔직히 대답해 보십시오.

　정말, 너만 그런 것은 아니다. 저 하늘의 데스마스크들도 그런 죄를 범해 저 모양을 하고 있다. 그러나 난 너를 어엿비 여겨, 몇 가지 죄목만을 성토하는 것이로다. 자, 이제 너는 그 자리에 남아 있겠느냐 이곳으로 오겠느냐? 곧 판결을 내리겠노라.

　―잠깐, 증거가 있습니까? 내가 자백을 했습니까? 증인이 있습니까? 마음대로 하십시오.

　피고의 최후 진술에 일리가 없는 바는 아니다. 사실, 피고가 자백한 바도 없고, 피고의 범죄 사실을 입증할 증거도 증인도 없다. 그러나 심증은 너에게도 나에게도 너의 지기들에게도 분명하다. 생각해 보라! 지금까지 네가 살아온 날들보다 앞으로 살아갈 날이 짧지 않은가? 그리고 너는 저 하늘의 데스마스크들의 음덕陰德으로 오늘에 이르렀지 않은가? 너의 범죄 사실은 심증은 가니 방증이 없다. 그러므로 앞으로 네가 살아갈 날까지 집행을 유예하노라.

개꿈이었다. 분명히 나는 불가시不可視의 범죄를 저지르고 그 업보를 받을 날을 기다리는 한 마리 개였다. 집행 유예를 언도받은 개꿈의 주인공이었다. 이리 끌려가고 저리 끌려가는 주구走狗 중의 한 마리였다. 유예 기간 동안 사람으로 환생해야 할 서당개였다.

건너편 아파트에서 축복받고 있는 애완견이 짖어 댔다. 이 세상을 채우는 비품備品들아! 자신의 책무도 제대로 못하는 '한글' 장수들아! 나만도 못한 분견糞犬들아!

—서울대학교 사범대학 국어교육과 동문 제2수필집 「淸冠有情」 1984 한샘

관중석에서

열띤 야구 경기가 벌어지고 있는 운동장의 관중석은 저마다 제 나름의 구실을 붙이고 몰려든 인파로 출렁인다. 로열박스에는 목에 잔뜩 힘을 넣은 정장 차림의 관계자들이 책상다리를 하고 비스듬히 앉아 있다. 내외야 보통석에는 보통 사람들이 다소 흥분한 상태로 꿈틀거린다. 조금이라도 연고가 닿는 팀을 일방적으로 두둔하는 사람들. 내 마음 갈 곳을 몰라 심심풀이로 자리를 메운 무정처옹無定處翁들. 흔들고 소리 질러 내 회사를 홍보하자는 듯한 애사양愛社孃들. 승패가 문제냐 우리는 언제 어디서라도 사랑한다는 듯한 2인 3각의 아베크족들. 처자식 앙탈에 못 이겨 초췌한 몰골로 찾아온 핵가족 주인장들. 서툰 운전 솜씨로 식은땀을 닦으며 개선장군처럼 나타난 초보 운전자들. 한때 박수 소리에 펄펄 날던 젊음을 운동장에 퍼부었다는 자칭 은퇴 선수들. 이처럼 관중석은 제각기 유별난 안복眼福을 누려 보려는 군상들로 북적거린다. 그러나 잔디 융단에서 백구가 날고 선수들이 뛰는 것을 보면, 관중은 누구나 게임에서 삶의 순리를 조금이나마 읽을 줄 안다.

선수는 관중을 위해 그리고 관중에 의해 정교한 잣대로 선발된

'쟁이'가 된다. 그래서 그들은 관중의 가슴에 얹힌 바람을 풀어 주어야 박수를 받고 응분의 보상을 받는다. 그리고 항상 '십목소시十目所視며 십수소지十手所指니 기엄호其嚴乎인저'의 계誡를 잊지 않고, 맡겨진 역을 성실히 수행해야 스타가 된다.

　관중은 쉽게 열광하고 무섭게 냉담해진다. 타자가 타석에 들어서면, 관중은 날카로운 눈과 날름대는 혓바닥 위에 타자를 우선 얹혀 놓는다. 선구안이 돋보이는 타자에게는 순수한 박수를 보낸다. 안타를 치거나 홈런을 날리면, 환호성을 지르며 자리를 박차고 일어선다. 그러나 헛스윙을 거듭하거나 우두커니 서서 삼진이라도 당하면, 야유와 조롱을 침 튀기는 반말로 토해 낸다. 어쩌다 나도 죽고 너도 죽는 병살타가 나면 관중은 주먹을 허공에 휘둘러 댄다.

　관중은 내심으로 잘 다듬어진 구장에 걸맞은 빅게임을 바란다. 타자에게 인내와 자제로 길든 선구안을 요구한다. 무모한 공격으로 병살의 구렁에 빠질까 조마조마해한다. 장타가 아니어도 괜찮다. 덤덤한 포볼을 고르거나 고통스러운 데드볼을 맞더라도 한 베이스라도 더 출루해 주기만 하면, 관중은 불만이 없다. 우레와 같은 박수를 한 몸에 받으며 등장한 강타자가 투박스러운 타격 자세로 박수 값도 제대로 못하면 관중은 쌀쌀 맞게 대타를 요청한다. 연습량이 부족한 타자가 화려한 과거만을 억지스런 자세로 덤벙대면, 관중은 매몰차게 외면해 버린다. 관중은 누상의 주자에게도 무리 없는 부탁을 한다. 투수나 포수의 잽싼 견제구를 용하게 피해 도루를 감행하는 준족의 주자를 보고, 관중은 입을 다물 줄 모른다. 또 한 점이라도 얻기 위해 보내기 번트를 대거나 희생타를 치는 타자의 고귀한 희생정신에 찬사를 아끼지 않는다.

　관중은 게임의 규칙을 숙지하고 있다. 투수와 포수는 떼려야 뗄 수 없는 동반자라는 것을 잘 알고 있다. 투수와 타자는 숙명적으로 도전과 응전의 자세를 흐트러뜨릴 수 없다는 것도 익히 알고 있다. 그리고 요란한 사인을 교환하는 감독과 선수가 입안과 집행의 관계를 잘 유지해야 한다는 점도 분명히 알고 있다. 그래서 관중은 이들의 관계를 부정하지 않는다. 물론 정해 놓은 경기 규칙에 대해서도 전혀 왈가왈부하지 않는다. 다만 잘 짜인 팀워크로 게임을 승리로 이끌어 주기를 바랄 뿐이다. 그리고 모든 선수들이 선수답게 페어플레이를 할 때만 관중은 게임을 게임으로 인정한다.

　관중은 수비보다는 공격에 더 신바람을 낸다. 그래서 투수가 교묘히 직구와 변화구를 배합하여 득점판에 0의 행렬을 만들어 놓으면 결코 재미있어 하지 않는다. 그러나 감독이 공격 일변도의 작전만을 꾀하면 관중은 간을 졸인다. 관중은 끈질긴 야성과 끝없는 애착을 버리지 못한다. 어느 한 이닝 한순간 지나치려 하지 않는다. 9회말 2사후가 되어도 관전을 포기하지 않고, 은근히 역전의 호쾌감을 맛보고 싶어 한다.

　잠시 생각해 본다. 우리 사회에서 관중에 의해 그리고 관중을 위해 선택된 선수 역할을 맡고 있는 이들은 누구인가? 혹 그 선수들이 관중의 소박한 바람을 자주 망각하는 중증 환자는 아닌가? 혹 일부러 더위 먹은 관중들이 나 같은 얼간이도 후보 선수 명단에 올려놓은 것은 아닌가? 송나라 시인 소동파蘇東坡는 선수들에게 이른다. "산의 참모습은 알 수가 없다. 옆으로 보면 고개가 되고, 기웃이 보면 봉우리가 되어 멀리서 보는 것과 가까이서 보는 것, 높은 데서 보는 것과 낮은 데서 보는 것이 모두 다르다. 그것은 다만 내 몸이 산속에 파묻혀 있기 때문이다."

―『서울대학교 총동창회보』 제88호(1985)

거짓말을 밥 먹듯 하다가는

'우리 집 강아진 말할 줄 안다.', '우리 아빤, 한 손가락으로 자동차를 든다.', '난 이마로 벽돌을 깰 수 있다.' 등 터무니없는 거짓말을 하는 아이들이 드물지 않다. 일부 한글세대의 어머니들은 이런 정도의 거짓말은 별 문제될 것이 없다고 모르는 체하거나 웃어 버릴지도 모른다. 한술 더 떠서, 상대방을 부러워하게 하려는 자기 과시에서 오는 악의 없는 거짓말이라고 하면서 오히려 대견해할는지도 모른다. 또는 아이들의 자존심을 상하게 할 수는 없다는 생각에, 새빨간 거짓말을 해대는 자녀를 남들이 보는 데서 꾸짖는 것을 주저할지도 모른다.

그러나 아이는 참말을 하고 있는 것이 아니라, 틀림없이 거짓말을 하고 있다는 사실은 분명하다. 이런 거짓말은 사소한 것에 지나지 않는다 하여 방치하거나 감싸 주기만 하다가는, 무의식중에 자녀들에게 병적인 거짓말 버릇을 들게 할 수도 있다. 아이들은 간혹 야단맞는 것이 두려워 거짓말을 한다. 꾸지람을 피하기 위한 자기 방위적인 거짓말이다. 이런 거짓말을 부모가 알면서도 그냥 내버려 둔다면, 자녀들은 거짓말을 잘 하면 벌을 피할 수 있다는 거짓말의 효용에 맛을 들이게 된다. 그러다 차츰 거짓말 애용자가 된다.

친구들 앞에서 한번 으스대 보려는 단순한 동기에서 하기 시작한 거짓말이지만 상대방이 속아 넘어가는 것에 쾌감을 느끼게 되면 거짓말 중독자가 된다. 아이들의 거짓말에 아무 제동도 걸지 않고 그대로 내버려 두면, 자녀들은 주저 없이 거짓말을 늘어놓게 되고 거짓말이 드러나더라도 대수롭게 여기지 않는 일종의 비정상적인 어른으로 성장하게 된다.

　거짓말이 판치는 사회, 서로 속이고 속여 먹는 사회, 거짓말을 밥 먹듯 해야 생존할 수 있는 사회, 이런 비정상적인 사회를 정화하기 위해서는 아이들 때부터 거짓말에 따끔한 일침을 가해야 할 것이다. 바로 이런 자녀 교육이 서로 인간답게 살아가는 정상 사회를 되찾기 위해서 우리 모두가 해야 할 일 중의 하나다. 자녀들에게 거짓말을 해서 자기를 과시하고 자기를 방어하고 남의 갈채를 받으려다가는, 도리어 남의 신뢰를 잃는 수가 많다는 것을 차분히 터득시키는 것이다. 불가피한 하얀 거짓말도 있다고 하지만 절대로 거짓말이란 그릇된 것임을 어릴 때부터 가슴에 심어 주어야 한다.
　어려서 거짓말로 부모를 속이고 친구를 골탕 먹이고 자라면서 선생님의 눈을 피하고 사회에 나가 고객을 기만하고 지도적 위치에 올라 교묘히 국민을 우롱하는 자녀로 키울 수는 없지 않은가? 신은 언제쯤 거짓말을 일삼는 사람들을 하늘로 들어올리고, 이 땅에 참말만 하는 사람들끼리 오손도손 살게 할까?

－『민생치안』(1993. 1)

잃어버린 꾸중을 찾아서

우리 사회는 점점 '젊은이들의 천국'이 되어 가는 것 같다. 지하도나 육교의 계단을 오르내리다가 아이와 어른이 서로 마주치면 어른이 비켜 주고, 젊은 사람과 노인이 마주치게 되면 노인 쪽에서 비켜 주어야 하는 실정이다. 젊은이들과 어른들이 마주쳐 지나칠 때도 나이 많은 쪽에서 머뭇머뭇하다 양보하고, 나이 적은 쪽은 거리낌 없이 앞길을 가로질러 지나가기 일쑤다.

버스나 전철 칸에서 빈 자리가 생길 경우, 사람들 틈을 재빨리 비집고 나와 먼저 자리를 차지하는 젊은이들을 심심치 않게 본다. 노약자석은 '노'련하고 '약'삭빠른 '자'가 앉는 자리라는 우스갯소리를 증명이라도 하듯. 엘리베이터를 함께 타고 가다 1층에서 내릴 때가 되면 얼른 앞으로 와서 먼저 내리는 청춘 남녀들이 점점 늘어나고 있으며, 어른들이 문을 열면 기다렸다는 듯이 먼저 튀어나오거나 들어가는 젊은이들이 하나 둘이 아니다. 가족이나 친지 등 아는 사람인 경우는 비교적 예의를 지키지만, 모르는 사람에게는 이렇듯 철저하게 제멋대로인 젊은이들이 적지 않은 것이다. 그리고 일부 젊은이들은 이런 행위는 당연하고 자연스러운 예삿일이라 생각하고 있으며, 오히려 생존 경쟁을 위해서 어쩔 수 없다고 자기를 합리화하기도 한다.

그러나 문제는 이 사회의 버팀목인 어른들의 생각이다. '고얀 놈들', '몰상식한 녀석들' 등등 현장에서 준엄하게 꾸짖는 분들이 있는가 하면, '아, 이제 만인 평등의 사회요 민주화되었는데, 뭘!' 하며 지나치게 너그러운 분들이 있는가 하면, '웃음거리나 됩니다. 맞아죽을지도 모릅니다. 못 본 걸로 합시다.' 하며 더러워서가 아니라 무서워서 피하겠다는 분들도 있다.

'나 몰라라' 하는 어른들은

그런데 혹 '그러니까, 애들 아니오.', '난, 우리 집 애들을 허물없는 친구처럼 대해 주고 있어요.' 하는 서구적이며 선진 문화적인 듯한 교육관을 자랑스럽게 피력하시는 분들이 계실까 걱정이다. 그러나 무엇이 선진화이고 서구적인가? 사실을 어설프게 알고 있는 것입니다. 독일이나 영국 같은 나라에서는 1시간 이상의 장거리 여행이 아니면 버스나 기차에서 빈자리가 있어도 젊은이들은 앉지 않는 것이 관례처럼 되어 있고, 프랑스에서도 자리가 비면 앉되 어른들을 세워 놓은 채 앉는 법은 드물다고 한다. 태국에서는 지금도 어른이 앉아 있는 앞을 지나가지 못한다고 한다. 영국의 아버지들은 두 팔로 턱을 괴고 앉아 있는 아들에게 팔꿈치로 사정없이 한방 먹이는 것이 상식이며 부모가 외출했다가 귀가할 때까지 아이들은 잠을 자지 않는다. 독일에서는 모든 아이들의 반 정도가 하루에 한번쯤 어른들에게 꿀밤을 맞는다는 말이 있을 만큼 엄하다고 한다.

요즈음 도시의 젊은 부부들 중에는 자녀를 자식이라기보다는 숫제 상전이나 콧대 높은 애인을 다루듯 하는 이들이 많다. 아이들이 마음대로 지껄이고 멋대로 정해진 사회 규범이나 질서를 흐트러뜨려도 극진한 관용과 온정만을 베풀 뿐, 꾸중을 하거나 교정을 해 주는 데는 인색한 것 같다. 지극히 떠받들어지고 정성스럽게 섬김을 받은 아이들은 집안에서는 못할 일이 없는 무뢰한이 될 수 있고, 더 나아가 사회성 훈련의 부재와 질서 의식 훈련의 결여로 탈예의하고 몰염치하고 몰상식한 사람으로 살아가기 쉽다고 심리학자들은 힘주어 말한다.

우리 사회가 젊은이들 멋대로의 사회가 되고 어른들이 스스로 눈 감고 귀 막고 입 다무는 사회로 굳어진다면, 동방예의지국으로서의 질서와 교양과 윤리와 상식은 허물어지는 것이다. 부모들이여! 어른들이여! 아이들의 장래, 우리 사회의 미래를 위하여 용기 있는 꾸중과 호통을 다시 찾자. 남의 자식 꾸짖기 전에 내 자식 먼저 꾸짖고, 남의 자식 버르장머리를 나무라기 전에 내 자식 먼저 '제멋대로' 의식에서 구제하자.

적절한 꾸짖음도 리더십

요즈음 우리 사회에는 꾸짖을 줄 모르는 상사가 늘고 있다. 꾸짖음이란 현상을 부정하고 개선하도록 하는 것이 목적이다. 그러므로 부정을 당한 상대방은 실망하고 반발을 하게 마련이다. 반발을 당하고 싶지 않은 기분이 꾸짖을 줄 모르는 상사를 만드는 것이다. 그러나 이래서는 상사도 발전이 없고 조직 전체에도 마이너스이다.

꾸짖을 때는 의연한 태도로 그리고 상대방에 대하여 애정을 가지고 있다는 기분을 가지고 꾸짖어야 한다. 설사 상대방이 지금까지 해 왔던 잘못을 생각하고 꾸짖었다 해도, 어느 정도의 손상을 주게 되는 것이 꾸짖음이다. 그러므로 꾸짖을 때에는 그 사람의 상황이나 성격을 잘 생각하고 꾸짖지 않으면 역효과가 된다. 분노를 폭발시키는 것보다 가벼운 주의를 반복함으로써 상대방이 은근히 알아차리도록 하는 것이 최선의 꾸짖음이다.

　질책을 할 때에는 꾸짖어도 좋은 경우가 있고 그렇지 않은 경우가 있다. 상대방이 질책을 받고 앞으로 성장 가능한 경우, 잠깐 충격을 받더라도 회복 능력이 있는 경우, 내용이 화급을 요할 경우, 내용이 다른 사람에게 영향을 끼칠 우려가 있는 경우에는 꾸짖어도 좋다. 그러나 상대가 스스로 알아차리고 반성하고 있는 경우, 반발이 강하고 받아들일 소지가 없는 상대일 경우, 약점을 이용하여 꾸짖고자 할 경우, 사실을 확인하기 어려운 경우, 꾸짖음을 듣는 사람의 기분이 좋지 않은 경우에는 꾸짖지 않아도 된다.

듣게 하소서

왜 입은 하나인데 귀는 두 개일까? 그것은 '남의 말은 두 배로 듣고 나의 말은 그것의 반만 하라.'는 뜻이 아닌가 한다. 위대한 분들은 말하는 행위보다 듣는 행위를 곱절 이상으로 하였다. 그들은 먼저 자신의 말을 하기 전에 여러 사람의 말을 많이 들었다. 공자는 수레를 타고 천하를 누비면서 수많은 사람들의 고충을 들은 뒤에 인간이 살아갈 도리를 어록으로 남겼다. 예수도 하늘의 소리와 만백성의 수없는 외침을 들은 후에 사랑의 말씀을 전했다. 한자의 성인 '성'聖 자를 분해해 보면 '귀 이耳+입 구口+임금 왕王'이 되는데, 이는 순서대로 '먼저 귀로 듣고 나서 그다음 입으로 말하는 사람 중의 으뜸'이라고 풀이하고 싶다. 이처럼 성인들은 자기 견해를 밝히기에 앞서 많은 사람들의 말을 먼저 들었다. 그런데 우리는 남의 말을 무시하거나 조금밖에 안 듣고 자신의 말은 더 많이 하려고 한다. 또 남의 이야기는 들어 보지도 않고 먼저 자기 이야기만 일방적으로 하려고 한다.

남의 말을 잘 들을 줄 알면 큰 인물이 되는 길을 걸을 수 있다. 그런데 웬일인지 우리는 '말 잘 듣는다.'는 말을 좋은 뜻으로 사용하고 있지 않다. 고분고분 시키는 대로 맹종하는 것을 말 잘 듣는다고 한다. 그리고 줏대도 없이 타인의 의견에 좌지우지되거나 남의 유혹에 잘 넘어가는 사람을 말 잘 듣는 사람 또는 귀가 엷은 사람이라고 한다. 그래서인지 '말 잘 듣는 아이, 말 잘 듣는 자식, 말 잘 듣는 학생, 말 잘 듣는 부하, 말 잘 듣는 국민' 하면 자연스럽게 들려도 '말 잘 듣는 어른, 말 잘 듣는 부모, 말 잘 듣는 선생, 말 잘 듣는 사장, 말 잘 듣는 위정자' 하면 어딘가 어색하게 느껴진다. 언제나 말은 높고 힘센 쪽에서 하는 것이고, 낮고 약한 쪽은 그저 듣고만 있어야 하는 것으로 인식하고 있기 때문이다. 그래서 그런지 우리는 남의 이야기를 듣는 편보다 자기주장을 강력하게 내세우는 편에 서야, 잘난 사람이 되고 성공한 사람이 되는 것처럼 생각한다. 그러나 한쪽은 듣기만 하고 다른 한쪽은 말하기만 해서는, 양쪽 사이에 높은 대화의 장벽이 생기기 쉽다. 어느 쪽에 있든 서로의 말을 잘 들어주어야 쌍방이 오해나 불만 없이 원만한 관계를 맺을 수 있다. 귀가 입보다 위쪽에 붙어 있는 것도, 아마 상대방의 말은 높게 받들고 내 말은 낮추어 말하라는 뜻이 아닐까 한다.

우리는 자기 말을 잘 들어주는 사람에게 호감을 갖는다. 그저 제 말만 지껄이고 남의 말을 들어주지 않는 사람에게는 그다지 친근감이 가지 않는다. 남의 말을 경청하는 것은 상대방에게 관심을 보이는 것이다. 카운슬링에서 상담자가 피상담자에게 어떤 해결책을 제시해 주려고 하는 것보다 그 사람의 고충을 묵묵히 들어주는 것이 가장 효과적인 방법이라고 한다. 이처럼 상대방의 말을 열심히 듣다 보면 그를 이해할 수 있게 된다. 그리고 상호 신뢰하게 되고 친밀해질 수 있다. 더 나아가 "여자들은 조용한 남자를 좋아한다.

조용한 남자는 자기 말을 잘 듣고 있다고 생각하기 때문이다."라는 마르셀 어카드의 말과 같이, 자신의 말을 잘 들어주는 사람에게 사랑의 감정을 느낄 수 있다. 호감을 갖고 관심을 표명하는 것이 사랑의 출발점이니까.

배움의 길에 있는 젊은이들은 가능한 한, 자신의 설익은 주장을 악착같이 내세우기보다는 먼저 많은 사람들의 가르침에 귀 기울여야 한다. 예부터 젊은 시절에는 "널리 배우되 굳이 남을 가르치려고 하지 말고, 배우고 익힌 것을 마음속 깊이 쌓아 두고 밖으로 드러내지 말라[博學不教 內而不出(박학불교 네이불출)]." 하지 않았던가? 미래에 대비하여 보고 듣고 익힌 것을 온축蘊蓄해 두어야지, 조금 안다고 떠벌리거나 어설프게 아는 것을 진리인 양 주장하지 말라는 것이다.

눈에는 눈꺼풀이 있어 마음대로 뜨고 감을 수 있는데, 왜 귀는 줄창 열려 있는 것일까? 아마 무슨 이야기든 거부하지 말고 있는 그대로 다 받아들이라는 뜻인지 모른다. 그러나 현대를 살아가는 우리는 엄청나게 많은 말을 다 들을 수는 없다. 적어도 소음은 걸러내고 들어야 할 것이다. 그러기 위해서 우리는 귀에 덮개를 마련해야 한다. 그것은 자기 자신이 스스로 개발해 내야 한다. 덮개를 잘 만들면, 들어야 할 것만 가려서 제대로 들을 수 있다. 그러나 불량한 덮개를 가지게 되면, 들을 필요도 없는 소음까지 듣게 되고 자주 곡해나 오해를 하게 된다.

어떻게 하면 성능이 좋은 덮개를 가질 수 있을까? 평소 다음과 같은 수련을 쌓아야 할 것이다.

첫째, 상대방의 말을 귀 기울이고 귀담아 듣는다. 상대방의 말이 좀 신통치 않은 것 같더라도 주의를 집중해서 "당신의 말은 나에게 유익할 것이다."라고 생각하며 듣는다. 그러면 쓸데없는 소음은 다 제거되고 유익한 것만을 골라 들을 수 있다. 두 사람이 대화를 할 때 적극적으로 서로 눈길을 피하지 말고 눈싸움이라도 하듯 시선을 마주치면서 듣는다. 건성으로 듣지 말고 "당신이야말로 이 세상에서 가장 중요한 사람이다."라고 생각하며 들어준다. 이처럼 남의 말에 주의를 기울여 듣는 습관이 몸에 배면, 보다 성숙한 사람이 될 수 있다. 공자는 60세가 되어서야 '이순耳順' 곧 남의 말을 제대로 들을 수 있었다고 하였다. 이런 점으로 보아, 남의 이야기를 잘 듣는다는 것이 얼마나 높은 수준의 정신적 수련이 필요한가를 알게 해 준다.

둘째, 상대방의 말을 맞장구치며 듣는다. 반응이 없는 상대를 앞에 두고 이야기하는 것처럼 시시하고 섭섭한 것은 없다. 남의 말을 잘 들어주는 사람은 상대방의 처지와 기분을 이해하면서 맞장구를 잘 치는 사람이다. 맞장구는 대화를 부드럽게 하는 윤활유 구실을 한다. 맞장구는 말로만 할 수 있는 것은 아니다. 고개를 끄덕이거나 표정을 지어서 공감을 표시할 수도 있다. 이야기 도중에 적절히 맞장구를 치면서 들어주면 상대방은 더욱 열의를 가지고 하고 싶은 말을 다 털어놓게 된다.

셋째, 상대방의 말을 긍정적인 태도로 듣는다. 상대방에 대한 부정적인 선입견이나 편견을 버리고 성실하고 진지한 태도로 경청한다. 설령, 지난번까지 별로 들을 것이 없었더라도 이번에는 반드시 얻을 것이 있으리라는 생각으로 느긋하게 듣는다. 상대방이 말하는 도중에 말허리를 꺾지 말고 그가 하고 싶은 말을 다하도록 참을

성 있게 듣는다.

넷째, 한쪽 말만 듣지 말고 양쪽 말을 다 듣는다. 귀는 왜 머리 양쪽에 가지런히 달려 있는가? 이는 양쪽의 이야기를 골고루 들으라는 의미일 것이다. 싫은 소리, 좋은 소리, 기분 나쁜 말, 달콤한 말, 큰소리, 작은 소리를 가리지 말고 골고루 다 들으라는 뜻이다. 칭찬과 비난, 찬성과 반대 모두 다 들어야 한다. 큰소리에만 현혹되지 말고 작은 소리도 귀 기울여 들어야 한다. 우리는 목소리가 커야 경쟁에서 이길 수 있다고 생각한다. 그러나 큰소리에는 진실보다 허풍이 끼어들기 쉽다. 오히려 나지막한 소리에 빛나는 진리가 숨쉬고 있는 경우가 많다.

상대방의 말을 잘 들어준다는 것은 보다 원숙한 인간이 되는 길에 들어선다는 것을 의미한다. 남의 말을 긍정적인 태도로 참을성 있게 경청을 하며, 서로가 관심을 갖고 친근감을 느끼게 되며 거기에서 사랑이 싹튼다.

이제부터 우리는 자기주장을 내세우기에 앞서 상대방의 말을 먼저 들어 보자. 그리고 남의 말을 들을 때에는 말하는 사람의 용모나 학력이나 경력 등을 중시하지 말고 그가 현재 하고 있는 말에 담긴 진심을 파악하면서 듣자.

공부한다는 것은 결국 남의 이야기를 가려서 잘 들을 줄 아는 능력을 기르는 것이다. 남의 말을 귀 기울이고 귀담아 자기 나름의 덮개를 가지고 가려듣는 일이야말로 원활한 인간관계를 맺는 길이기 때문이다.

잠시 생각해 보자. 우리는 그동안 내가 할 말만 하고 남의 말은 적당히 듣지 않았는가? 남의 말을 듣는 것보다 자기 말을 먼저 한 편은 아니었나? 선생님의 말씀을 고개 끄덕이며 적극적으로 들어 본 일이 있었는가? 어른들의 말씀을 경청해 본 적이 있었는가? 친구들의 이야기를 시선을 마주 치면서 곰곰이 들어 본 일이 있었는가? 어른들은 아이들의 말을, 선생님은 학생들의 말을, 사장은 직원들의 말을 진정 경청해 본 일이 있는가? 우리는 혹시 큰소리 나는 쪽만 편들어 오지 않았는가? 달콤한 말만 듣고 쓰디쓴 말은 고까워하지 않았는가? 우리는 남의 이야기를 한쪽 귀로 듣고 다른 한쪽 귀로 흘려버리지나 않았는가?

　부모 자식 사이의 사랑, 친구 사이의 우정, 사제 간의 사랑, 이웃 간의 사랑, 이성 간의 애정, 이 모든 사랑은 상대방의 말을 잘 들어주는 데서 시작되는 것이다. 우리 주변을 보면 아직도 들으려는 사람보다 말하려는 사람들이 더 많다. 상대방의 말을 들어 보려고 노력도 아니 하고 의심과 불평만을 한다. 특히 젊은 학생들이 남의 이야기는 대충 듣고 제 주장만을 하려고 한다. 남의 말을 잘 들을 줄 알아야 자신의 말도 잘할 수 있다. 중국 속담에 "말하는 법을 터득하고 있는 자보다 듣는 법을 알고 있는 자가 더 위대하다."라고 하였다. 상대방의 말을 잘 들어주는 사람이 성공할 가능성이 높다.

　조물주여! 우리에게 이왕 귀를 두 개 빚어 주셨으니, 서로서로의 말에 귀 기울이고 진실을 귀담아듣게 하소서.

—제물포고등학교 교지 『春秋』 제21집(1994)

눈맞춤의 신비

육체의 모든 기관은 어떤 기능을 하든 인간의 생각이나 느낌을 표현하지 않는 것이 없다. 입은 인간의 희로애락을 표현해 주는 중요한 기관의 하나이지만 그것은 결코 눈의 그것처럼 미묘한 것은 아니다. 말은 인간의 가장 정확한 감정 표현이 될 수도 있지만 그것은 결코 눈의 그것처럼 진실한 것은 못 된다. 웃으면서도 눈은 슬픔을 말해 주기도 하고 울면서도 눈은 즐거움을 말해 주기도 한다. 또한 눈은 있는 그대로의 모습으로써 무한한 의미를 표현하며 조그만 변화로써 중대한 다른 의미를 나타내기도 한다. 인간의 미묘한 감정을 표현해 주는 것은 눈뿐이다.

눈은 미묘한 감정의 표현

우리는 회의를 하거나 결재를 하거나 표창을 할 때 상대방의 눈을 똑바로 보지 않는 경우가 있다. 동양문화에서 너무 상대방을 빤히 쳐다보면서 말하거나 듣는 것은 실례라고 생각하기 때문이다. 그러나 눈맞춤eye contact을 하지 않고 대화를 하면 얻는 것보다 잃는 것이 더 많다. 회의를 할 때 참석자들이 서로 시선을 마주치지 않을 경우, 말 자체는 주고받을 수 있는지는 몰라도 마음과 마음은 교류되지 않는다. 결재를 할 경우도 결재를 하는 사람과 받는 사람의 눈맞춤이 없을 경우, 문서상의 내용만을 전달할 뿐 그 속내를 파악하기는 어렵다. 표창을 할 때에도 제3자가 표창 내용을 대독하고 눈의 마주침이 없을 경우, 표창장과 부상을 주고받을 뿐 진정한 축하의 뜻은 주고받을 수 없다.

상사와 부하의 눈맞춤

눈을 마주치며 말을 하면 거짓말하기가 어렵다. 눈은 거짓말 탐지기다. 눈맞춤을 하며 상대방의 말을 들으면 그 사람은 거짓말을 쉽게 하지 못한다. 흔히 '그 사람 내 눈을 피하더라.', '내 눈을 똑바로 쳐다보고 말해 봐.'라고 하는 것은 눈맞춤의 진실성을 강조하는 말이다.

눈맞춤은 서로의 신뢰감을 두텁게 한다. '눈은 마음의 창이다.', '마음의 글자는 눈에 새겨져 있다.', '귀는 눈보다 믿을 게 못 된다.', '눈이 보배다.' 등의 말은, 눈 마주치기가 신뢰성의 중요한 요소임을 말하는 것이다. 먼 곳을 응시하면서 진실을 말하는 것보다 눈을 똑바로 바라보며 거짓말을 하는 것이 오히려 설득력이 있다. 눈 마주치기를 피하면 신뢰가 떨어진다.

말하는 사람이 눈길을 주지 않으면 듣는 사람은 '나를 무시하는 것이 아닌가, 나를[우릴] 우습게 보는 것이 아닌가, 뭔가 숨기고 있는 것이 아닌가?' 등의 오해를 하게 된다. 언제나 상대방과 눈맞춤을 하면서 말하고 들어야 진실을 주고받을 수 있다. 눈길을 피하지 말고 눈맞춤을 하며 적극적으로 들어야 한다. 건성으로 듣지 말고 이 세상에서 가장 중요한 사람의 이야기를 듣는다고 생각하며 들어주어야 한다.

눈은 신뢰감 형성의 수단

여러 사람 앞에서 말하는 경우에도, 말하는 사람이 시선을 내리깔고 원고를 읽어 내려가면 청중은 따분해한다. 청중과 눈을 마주치지 않기 때문이다. 말하는 사람은 청중에게 주목을 받는 입장에 있지만 청중은 그 사람의 주목을 받을 확률이 적다. 말하는 사람의 입장에서 보면 청중은 '여러 사람 가운데 한 명'에 불과하다. 그러나 사람은 누구나 어떤 상황에서도 주목을 받고 싶어하는 존재이다. 주목을 받지 못하면 흥미도 적어진다. 밸런타인데이에 화려하게 초콜릿을 포장하는 이유는 상대방에게 주목받고 싶어서이다. 밸런타인데이에 하는 노력은 상대방에게 보답받지 못할 경우도 있겠지만, 말할 때의 눈맞춤은 반드시 보답을 받는다. 청중 한 사람 한 사람과 눈을 마주치면서 이야기를 하게 되면, 청중은 흥미를 가지고 열심히 듣게 된다. 청중의 집중력이 높아지면 이해도도 높아진다.

눈맞춤은 말하는 사람과 듣는 사람 사이의 거리감을 좁히고, 청중으로 하여금 전달되는 내용에 귀를 기울이도록 하는 구실을 한다. '말하는 이의 청중에 대한 주시율과 인물 평가의 관계'에 관한 연구에 의하면, 여러 사람 앞에서 말하는 이가 청중에 대한 주시율이 말 전체의 15% 이하라면, 그는 청중들에게 '냉정하다, 변명만

한다, 미숙하다' 등의 인상을 준다고 한다. 그러나 주시율이 80% 정도라면 '자신이 있다, 성실하다, 친근하다, 능숙하다' 등의 인상을 준다고 한다. 같은 내용을 말하더라도 청중의 눈을 보느냐 안 보느냐에 따라 전혀 다른 결과가 된다는 것이다.

눈맞춤은 행복의 지름길

그러나 수사관의 눈초리로 눈맞춤하는 것은 삼가자. 하나의 눈은 총알을 재어 겨눈 총처럼 위협을 할 수도 있다. 꾸짖거나 걷어차는 것 같은 모욕을 줄 수도 있다. 그러나 그와 다른 환경 아래서는 친절의 빛으로써 마음을 기쁨으로 뛰놀게 할 수도 있다.

이제부터 회의를 할 때 서로서로 눈맞춤을 하면서 하자. 윗사람은 눈맞춤을 하며 결재를 하자. 눈맞춤을 하면서 표창장을 주고받자. 눈맞춤을 하면서 훈시를 하자. 부모들은 자녀들과 수시로 눈맞춤을 하자. 부부 사이에도 입맞춤보다 눈맞춤을 자주 하자. 입맞춤은 자주하면 신물이 나고 간혹 김치 냄새가 나기도 한다. 하루에 세 번 이상 눈맞춤을 해 보자. 출근할 때 눈을 맞추고 퇴근해서 눈을 맞추고 잠자리에 들 때 눈을 맞추어 보자. 눈맞춤이야말로 부부 사이의 마음과 마음을 주고받는 지름길이다. 이렇게 하면 애정은 날로 달로 넘칠 것이다.

−『흙사랑물사랑』 한국농어촌공사(2008. 3)

이름 그대로

이름을 지어 달라는 부탁을 받곤 한다. 이름에 걸맞은 실제를 바라면서 심사숙고해 작명한다. 그중 몇 가지 사례를 공개한다.

안백 박경현

내 이름 박경현朴景賢은 집안 어른들께서 지으셨다. '景賢'은 천자문에 나오는 '景行惟賢경행유현'과 관련 있는 것으로 보인다. '훌륭한 행실을 갖추면 어질고 뛰어난 사람이 된다.'는 뜻으로 풀이된다. 그 뜻을 알고 나서부터 나는 이름대로 살아 보자고 마음먹었다.

호號는 주위에서 허물없이 부를 수 있도록 지은 호칭이다. 공주대학교 신용호 교수는 네 가지 기준을 제시한 바 있다. 생활하고 있거나 인연이 있는 처소로 호를 삼은 '소처이호所處以號', 이루어진 뜻이나 이루고자 하는 뜻으로 호를 삼는 '소지이호所志以號', 자신이 처한 환경이나 여건을 호로 삼는 '소우이호所遇以號', 간직하고 있는 것 가운데 특히 좋아하는 것으로 호를 삼는 '소축이호所蓄以號'가 그것이다.

그동안 적지 않은 지인들에게 호를 지어 주었다. 경북 경산 친구

에게 '조인棗仁', 충남 부여 친구에게 '홍정鴻井', 세무학자에게 '화중
禾中', 전남 영광 친구에게 '솔암率岩', 경남 하동 후배에게 '고이古梨'
등 신 교수의 기준에 내 나름의 기준인 함축성 있는 의미와 발음상
의 유창성을 고려해 호를 지어 준 적이 있다. 당사자들이 지금까지
애용하는 거로 보아 괜찮은 작호였나 싶다.

내 호는 '안백安白'이다. 한창 때 내 스스로 지은 호다. 여섯 가지
의미를 지니고 있다.

첫째, 내 출생지 황해도 '연백군延白郡 연안읍延安邑'에서 '안'과 '백'
을 따왔다. 고향의 정체성을 늘 간직하고 싶어서다.

둘째, '편안安히 말한다白'라는 뜻이다. '白'은 '고백, 자백, 독
백…'의 '백'으로 '말하다, 아뢰다, 사뢰다'라는 뜻이다. 내가 관심
을 가져온 '국어화법, 국어의미론' 분야와 연관이 있다. 그리고 평
생 편안하게 말하려면 '당당하고 떳떳하게' 처신해야 한다고 다짐
해 본 것이다.

셋째, '안빈낙도 청렴결백安貧樂道 淸廉潔白'에서의 '안'과 '백'이다.
내 스스로 선택한 교직은 결코 부富를 추구하는 직업이 아니니 주
어진 경제적 여건에 만족하며 청렴하게 살아 보자는 자기 위안을
뜻한다.

넷째, '안백'은 'No Background'를 뜻하는 '안 빽'이다. 의지할
지연, 혈연 등 뒷배경의 힘Background이 없으니 스스로의 능력으로
살아가자는 의지의 표명이다.

다섯째, '안백'은 '나는 얼굴이 희지 않다No White.'의 뜻이다. 내
용모를 부끄러워하지 않고 내 자신의 개성적 인상으로 부각하고

긍정의 가치로 심어 가 보자는 것이다.

여섯째, "얼굴은 검어도 몸 안[마음]은 희다."는 뜻이다. 인간관계
를 솔직 담백하게 맺어 가자는 다짐이다.

한우리

내가 지은 상호商號 중에 널리 알려진 것은 서울 강남구 도산대로
에 천하일미가天下一味家로 불리는 한정식 집 '한우리'가 있다. 1981
년 '서라벌'로 시작해 1990년 10월부터 상호를 '한우리'로 변경했
다. '한우리'는 다음과 같이 뜻매김하며 작명한 것이다.

* 한정식으로 우리 하나가 된다.
* 손님들이 여기 한 울타리에서 맛과 분위기 즐긴다.
* 한우리는 '크고' '유일한' 한민족의 음식점이다.
* '한韓국'뿐 아니라 전 세계 '우宇주'까지도 '이利롭게' 할 음식을 만드
  는 집.

모든 직원이 함께 부를 사가社歌도 작사해 주었다.

〈한우리외식산업 사가〉(작사: 박경현 작곡: 김민식)

제1절
가슴을 활짝 펴면 세계가 내 손에
드높이 바라보면 미래가 내 품에

뜨거운 정열로써 큰 꿈을 가꾸며
기쁨 속에 일하는 우리는 한우리

제2절
희망찬 내일 향해 찬란히 빛나는
즐거운 나날 속에 희망이 솟는다
손에 손 마주잡고 믿음을 나누며
굳게 뭉쳐 나가자 정상을 향해

〈후렴〉
정직한 땀방울이 빛나는 얼굴마다
찬란한 내일이 있다 한우리여 영원하라

무설재

경기도 안성 금광호수 인근 전원주택 '무설재'의 의미 부여와 대들보의 상량문을 권고했다.

'무설재'는 이런 의미를 담기를 바랐다. 굳이 말이 필요 없을 것 같은 분위기를 자아내는 '무설재無說齋', 안개와 흰 눈 속에 포근히 자리 잡은 듯한 '무설재霧雪齋', 부드러운 말로 서로를 어루만져 주는 '무설재撫舌齋'

대들보에 '桃李不言 下自成蹊도리불언 하자성혜'를 써 넣기를 바랐다. 무설재 주인은 그때의 소감을 이렇게 말했다.

"쌤이 무설재에 들어서는 순간 하사하신 글귀가 다락방, 하늘이 보이는 천정에 자리 잡을 서까래의 주인공이 되었다. 풀어 보자면, '복숭아꽃과 자두꽃은 누가 말하지 않아도 그 아름다움 때문에 많은 사람들이 그 밑에 저절로 모여 든다.'라는 뜻이라는데 나의 싸부, 박경현 쌤의 특별한 제자 사랑이 돋보이는 순간의 절정체다. 그러니까 무설재는 특별히 선전하지 않아도 많은 사람들이 무설재의 아름다움에 끌려 저절로 모여든다는 부연 설명까지 듣고 난 이후에 상량식에 쓰여질 글귀임을 직감하였으니 텔레파시의 일치, 쌤의 아름다운 글귀가 오늘 드디어 다락방의 주인공으로 실체를 확인받았다."[사진작가 이유경]

마천루에 남긴 소망

2015년 12월 12일 Lotte World Tower 123층 대들보에 나의 바람을 적어 넣다.

'박경현 행복하다', '장하다 롯데 박경현'

이 소망이 대들보에 영원히 남는단다.

2학년 7반

　65년 전 인천중학교 2학년 7반 담임 교사는 이근필 선생님이셨다. 큰 키에 갸름한 선비형이셨다. 대학에서 교육학을 전공해 도덕이나 윤리 과목을 담당해야 하는데 우리들에게 한문을 가르치셨다. 세월이 흐른 후에 선생님이 퇴계 이황의 16대 종손이라는 걸 알게 되었다.

　당시 한문 과목 성적이 남다른 나를 격려하며 까까머리 뒷덜미를 그 크고 하얀 손으로 어루만져 주셨다. 사실 나는 어려서부터 할아버지가 신문을 보실 때 어깨너머로 익힌 한자가 적지 않았다.

　나는 시간이 날 때마다 선생님이 계신 안동 도산서원을 자주 찾아뵙고 새로운 가르침을 받곤 했다. 한때는 제자들을 데리고 가고 지인들과 함께 가기도 했다. 연세가 많이 드신 후 선생님은 청각 기능이 쇠약해져 필담으로 의사 소통이 가능했다. 내가 화이트보드에 글씨를 쓰며 말씀을 드리면 선생님은 인자한 눈길로 나를 쓰다듬어 주시는 듯했다. 헤어질 때는 가르침을 봉투에 담아 주셨다. '예인조복譽人造福, 사람을 칭찬해 복을 짓는다.' 코로나로 왕래가 어려울 때는 인중·제고의 전통인 무자기毋自欺(자기 자신을 속이지 아니함) 정신을 세계에 널리 알리라는 권면의 글을 적어 보내 주셔 제자들과의 만남을 갈음하고자 하셨다.

선생님께서 2024년 3월 7일 향년 93세로 서세逝世하셨다. 팔순에 이른 65년 전 제자 22명, 부인 8명 포함 총 30명이 안동 퇴계 종택 빈소로 찾아가 조문했다.

나는 우리 반을 대표하여 선생님께 추념문을 올렸다.

〈청하靑霞 이근필李根必 은사님을 추념하며〉

선생님, 청하 선생님!

'찾아뵙겠다, 뵌다.' 하다가 오늘에서야 선생님 영전에 섰습니다.

송구합니다. 죄송합니다.

돌이켜 보면 65년 전 1959년 선생님께서는 대학을 갓 졸업하고 인천중학교에 부임하신 청년 교사였고 저희들은 '여기는 희망의 빛, 아! 네가 참 우리나라 학도로구나'라는 교가를 부르며 배움의 뜻을 세우던 지우학志于學의 소년들이었습니다.

그때 그 소년들이 까까머리 쓰다듬어 주시던 선생님의 따스한 손길과 나직한 음성과 온화한 기품을 기억하며 인천, 서울, 분당, 양평, 용인, 대구, 경주 등지에서 여기까지 왔습니다. 선생님께서도 낯선 도시 인천에서 잠시 교편을 잡으신 걸 잊을 수 없다고 말씀하시곤 했지요.

선생님의 서세逝世에 공자 79대 종손 공수장 님이 "퇴계 정신을 계승하여 유학 증진을 촉진하는데 평생을 바쳤으며 탁월한 학식과 도덕적 인품으로 널리 사람들의 존중과 감복을 받으셔 한국은 물론 동아시아에 이르기까지 예악禮樂에 있어서 군자君子의 전범典範이 되셨다."고 진심어린 애도를 표한 바 있습니다.

그렇습니다. 선생님께서는 한국 유학儒學의 거목巨木이셨습니다. 사람을 사람답게 여겼던 '인본주의적 가치'를 강조한 퇴계 정신을 계승한 '군자의 본보기'이셨습니다.

검소하고 겸손한 퇴계의 삶을 실천해 온 종손의 표본으로 종가宗家 문화와 제례祭禮 문화를 파격적으로 개혁한 '유림儒林의 큰 어른'으로 존경받으셨습니다.

물질적으로 풍요로워졌지만 정신적으로는 더 빈곤해진 현대사회에서 '선비 정신'을 되살려 도덕성을 회복하자는 선비 문화 수련에 평생을 바치셨습니다.

선생님께서 저희들에게 주신 말씀을 되새겨 봅니다.

'착한 사람이 많아지는 세상'이 되어야 한다는

ㅡ '선인다善人多'

'세상을 생명의 기운이 약동하는 봄날의 온화한 연못처럼 되도록 하자.'는

ㅡ '사해춘택四海春澤'

'남의 잘못을 들춰내 비판하는 데 혈안이 되지 말고 상대가 지닌 선한 모습과 잘하는 일을 보다 널리 알리고 칭찬하자.'는

ㅡ '은악양선隱惡揚善', 그리고 '예인譽人'

그저 '복 많이 받으세요.'보다는 스스로의 덕업德業으로 복을 만들어 '복을 만드세요.', '복 많이 지으세요.' 하자는

ㅡ '조복造福'

'늘 깨어 있는 정신으로 옛것을 고집하지 않고 변화를 능동적으로 수용하는 데 앞장서자.'는

ㅡ '시종時從'

위와 같은 말씀을 선생님께서 힘주어 권고하셨습니다.

지인들이나 제자들과 찾아뵐 때마다 선생님께서는 정갈한 모습으로 우리를 맞으시고 인사드리면 반드시 맞절하시고 무릎을 꿇고 앉아 대화를 이어 가셨습니다. 어린 손님에게도 무릎을 꿇고 앉으셨고 마지막 영정 사진에도 여전히 무릎을 꿇고 계십니다.

90평생, 선생님께서 보여 주신 모습, 남겨 주신 말씀을 저희는 생활 속에 익히어 더욱 분발하겠습니다.

선생님! 청하 이근필 선생님!

선생님이 '우리들의 스승님'이셔서 자랑스럽습니다.

저희들이 '선생님의 제자'여서 행복합니다.

부디 평안히 쉬십시오.

갑진년 사월 스무날 제자 박경현 절 올립니다.

지역구도 없는 놈

    고등학교 때 진로 상담을 하러 담임 선생님을 찾아갔다. 나는 친구들에게 '이번 선거에 박정희 장군이 대통령에 당선되지 않으면 도서관 3층에서 뛰어내릴 거야.'라고 할 정도로 정치 분야에 지나치게 관심이 있었다. 학급별로 돌아가며 하던 강당 조회 때 전교생 앞에서 '공산주의란 무엇인가'를 발표한 적도 있었다.

    선생님께 대학 정치 관련 학과에 진학해 정계에서 활동해 보고 싶다고 했다. 선생님은 대뜸 '지역구도 없는 놈이 무슨 정치과?' 하시면서 어린 마음을 얼어붙게 하셨다. '지역구'라는 단어를 생전 처음 알게 되었다. 고향이 이북인 사람은 토박이 지역구가 없으니 정치하기가 쉽지 않다는 말씀으로 알아들었다. 몇 차례 개별 상담 끝에 선생님 당신께서 졸업한 대학의 같은 학과에 가겠다고 했다.

    그 후 수십 년 동안 특별한 인연이 시작되었다. 선생님과 나는 사제지간이면서 대학 선후배가 되어 대학 동문들 사이에서 부러움을 샀다. 선생님은 내가 학회에서 발표할 때마다 맨 앞자리에 앉아서 경청하시곤 했다. 종합 강평을 할 때는 참석자들 앞에서 민망할 정도로 내 논문을 '주례 비평' 하며 두둔해 주시기도 했다.

나는 우리나라 초등학교 국어 교과서를 편찬하고, 명작 수필 '짜장면', '개미론' 등을 발표하신 수필문학의 거장을 스승이자 선배로 모시는 기쁨이 컸다. 선생님은 제물포고등학교 교사 때를 상기하시면서 책을 내시면 환갑도 넘은 제자들 몇몇을 모아 옛 국어 시간을 재현하기도 했다. 대형 음식점 넓은 자리에서 선생님이 나누어 준 저서를 돌아가면서 읽고 선생님의 설명을 듣는 식으로 하는 수업이었다. 어떤 친구가 자기가 읽을 차례인데 느닷없이 '전, 못 읽겠습니다.'라고 선생님께 반기를 들었다. 모두가 쥐죽은 듯 긴장 상태가 되었는데, 이 친구 '오늘 돋보기를 안 가지고 왔습니다.'라고 하여 좌중이 웃음바다가 된 적도 있었다. 선생님은 당신의 마지막 역작 '수필쓰기의 이론'2020에 제물포고등학교 제자들[지훈상, 인경석, 박경현]의 글을 예문으로 인용하시기도 했다.

선생님께서 교육용 기초한자 제정에 이바지한 공로로 동숭학술상을 수상한 계기로 석학들의 모임이 이루어졌다. 나는 선생님의 추천으로 그 모임의 막내로 참여하게 되었다. 이른 바 '여덟 명의 어리석은 친구들' 팔우회八愚會, 90대에서 70대까지 동학의 길을 걸어온 분들이다. 모임이 있을 때마다 다운茶云 정진권 선생님은 인중·제고 교사 시절 이야기를 빼놓지 않고 하셔서 회원들의 부러움과 약간의 시샘을 받기도 했다.

선생님은 "글은 곧 사람이다."라는 신조를 지키신 분으로 여러 문예지에 많은 수필을 남겼다. 여러 학회나 문학단체에서 자리를 권했지만 자신은 많이 부족하여 자격이 없다며 끝까지 받지 않으셨다. 오로지 교수와 수필가 그리고 애주가로 단순, 소박하게 사신

분으로 우리 학계와 문단에서 흔한 일은 아니다. 그러나 그는 수필 학계와 문단에 적지 않은 족적을 남겼다. 선생님이 평소 주장하시는 좋은 수필의 요건은 이렇게 정리할 수 있겠다.

첫째, 그 사용된 언어가 정확하고 정서적이며, 때로는 함축적인, 그리고 쉽고 산뜻한 것이어야 한다.

둘째, 그 짜임이 겉으로는 크게 폼 나지 않으면서 속으로는 잘 짜여진 것이어야 한다.

셋째, 화자의 목소리가 겸손하고 정다운 것이어야 한다. 때로는 진지하고 때로는 유머러스할 때도 있지만, 그 밑바탕에는 겸손함과 정다움이 흘러야 한다.

넷째, 소재가 우리들 평범한 독자에게 친근한 것이어야 한다. 보통 사람의 보통의 삶에서 선택한 소재가 이에 해당할 것이다.

선생님은 현장 수필가로 활발한 작품 활동 외에 특별히 학자로서 한국 수필의 역사와 이론에 관해 단행본을 출간하였다. '한국 현대 수필 문학 문학론1983'과 '한국 수필 문학 연구1996', 그리고 '수필 쓰기의 이론2000'이 그것이다. 수필 문학의 이론과 실제에서 선생님이 남긴 족적은 타의 추종을 불허할 듯하다.

2019년 7월 3일 작고하신 선생님께서 보내 주신 마지막 메시지가 아직도 생생하다.

'오늘 노교사가 참 행복했다.
70도 한참 넘은 교수가

고등학교 때 담임,

차 태워 모시고 다니는

예가 어디 있을까?

고맙고 고맙네.'

해마다 유월 육일이면

1968~1970년 중동부전선 최전방 부대에서 관측장교, 전포대장을 거쳐, 사단사령부 인사처 상전 장교로 복무한 적이 있다. 우리 부대의 전우들은 이른바 '빽'이 없어 밀려 밀려 최전방까지 왔다고 생각하고 있었다. 사실이었다. 전우들 중에는 그 흔한 '이장, 면장, 통장, 반장….' 이런 '장' 자리라도 차지하고 있는 집안의 아들은 한 명도 없었다. 당시는 김신조 일당의 무장 공비들이 청와대를 습격한 직후라, 전방에서는 일몰 이후에는 그 누구라도 '수하誰何, 누구냐?' 없이 무조건 사격하라고 할 정도로 공포스러운 전운이 감돌고 있었다.

우리는 허술한 목책이었던 155마일 전선을 철책으로 바꾸는 작업, 대포를 엄폐하려는 벙커 구축 작업 등으로 하루 종일 피곤에 절어 있었다. 우리 부대원들은 사기도 군기도 없이 생존의 법칙만 찾을 뿐이었다. 몇몇 전우들은 중노동, 안전사고, 자해, 자살 등으로 아까운 청춘을 잃었다. 어느덧 반백여 년도 지났는데, '여러분! 우리 여기서 반드시 살아서 나갑시다.' 일갈하며 전우들과 형제처럼 어깨동무하고 함께 지냈던 시절이 문득 떠올랐다.

나는 동부전선 깊은 산골 포병부대에서 어머님께 '어머니! 앞에도 산, 뒤에도 산, 하늘이 5원짜리 동전만 하게 보입니다.'라고 편지를 올려 어머님의 애를 태운 적도 있다. '눈 뜨면 살고 졸면 죽는다', '눈으로 적을 잡아라', '초전 박살'이라는 살벌한 구호를 복창하며 산꼭대기 OP^{Observation Post, 관측소}에서 병사 서너 명과 그야말로 불철주야 적의 동태를 파악하곤 했다. 내가 근무한 관측소는 국내외 고위층이 자주 방문하는 이른바 VIP OP였다. 육군본부, 군사령부, 군단, 사단 등 상급부대에서 불시에 전방 상황을 확인하는 전화가 오면 적정을 정확히 보고해야 했다. 깊게 잠들 수가 없었다. 나는 상급부대와 연결된 직통 전화를 항상 내가 직접 받았다. '박 소위! 자네는 잠도 없는가, 육사 몇 기인가?'라고 할 정도로 밤낮 없이 적정을 주시했다.

얼마 뒤 나는 사단사령부 인사처 사제상전 장교로 전출되었다. 장병들의 사기 증진과 제반 업무를 담당하는 보직이었다. 각종 부대행사 주관, 자매학교 방문 견학, 위문품 수령, 위문편지 배부, 모범용사 선발 등으로 분주하게 지냈다.

해마다 유월이면 이 나라를 위해 목숨을 바친 전우들이 잠들어 있는 국립서울현충원을 찾는다. 우리 전우들은 국가원수였던 이승만, 박정희, 김영삼, 김대중 전 대통령은 물론, 조선 시대 중종의 후궁인 창빈 안씨 등과도 함께 동작동 서달산 기슭에 여전히 자리하고 있다.

전우여! 그대를 잊지 않고 기억하고 있는 이들이 아직도 있다.

앞집 스승 뒷집 제자

선생님! 선생님과 첫 만남은 1964년이었습니다. 선생님은 우리 과에 부임하신 지 1년여밖에 안 되었고 저는 햇병아리 대학 1학년 생이었지요. 갓 입학해 학우끼리 겨우 얼굴을 익힐 즈음부터 학교는 시위, 휴업, 시위, 휴교, 개업 등을 반복하여 어수선한 분위기에 휩싸였지요. 이런 불안한 정국 때문에 우리는 온전한 강의를 제대로 듣지도 못하고 갈팡질팡하며 나날을 허비하였습니다. 우리는 공부보다는 당구, 바둑 등에 빠져 간혹 집단 결강을 하기도 하고, 들뜬 마음을 가라앉혀 보려고 배구, 소프트볼 등으로 열심히 땀을 흘리고 울화와 분노를 막걸리로 씻어 내곤 하였지요.

이런 우리에게 기를 불어넣어 주실 듯, 선생님께서는 '의미론'이라는 새로운 학문의 깃발을 들고 나타나셨습니다. 그렇지 않아도 '음운'이나 '문법' 등에 치중하던 국어 연구는 다소 건조하고 권태스러울 것 같았거든요. 그런데 선생님이 언어의 고갱이인 '의미' 연구를 강조하시어 저는 임자 만난 듯 '의미론'에 이끌려 끈질기게 선생님 주위를 맴돌았지요. 선생님이야말로 제가 '기댈 언덕이며 산등성이'라는 뜻의 '용강庸崗'이라는 호를 스스로 지어 사용하기도

했습니다. '태용강太庸崗'이라는 필명으로 사범대학 교내 저널 '청량
원淸凉苑'에 시 몇 수를 투고하기도 했지요. 그러다가 언젠가 저의
깜짝 고백을 듣고 선생님께서 얼떨결에 '용강'이라는 호를 미소로
추인해 주셨던 것 같습니다. 그 후로 저는 선생님께 직접 호를 받
았다고 친구들에게 으스댔습니다. 그런데 언젠가 친구들이 종이 1
장을 주면서 거기에 '庸崗'을 한글로 써 보라고 하더군요. 저는 굵
은 글씨로 '용강'이라고 자랑스럽게 썼습니다. 그랬더니 "야 임마,
용강! 바퀴 달린 '요강'이잖아." 하며 그게 무슨 호냐며 비아냥거렸
습니다. 그 뒤로 저는 바퀴 달린 요강을 어디론가 굴려 버렸습니다.

　선생님! 불현듯이 선생님께 처음 배운 '의미의 기본 3각도'를 다
른 과 친구들에게 입에 거품을 품으며 설명하던 때가 떠오릅니다.
'Form이 다르면 Meaning이 다르다.'며 '아내, 마누라, 처, 부인, 안
사람, 집사람, 안식구, 각시, 색시, 내자, 솥뚜껑 운전수, 내무부장관,
안방마님, 와이프' 등은 형태가 다르므로 의미도 다르다며 신나게 떠
들어 대기도 했지요. '하야카와Hayakawa, 라이언스Lyons, 차페Chafe, 나
이다Nida, 필모어Fillmore, 사피어Sapir, 촘스키Chomsky' 등을 거론하며
제가 대단한 의미론 전도사인 양 행세하곤 했지요. 당시 저의 이런
허풍을 확인이나 하려는 듯, 다른 과 친구들이 선생님 강의를 청강하
러 온 적도 있습니다. 교육과, 영어과 친구들도 선생님의 강의를 들
으러 자주 드나들었던 것으로 기억됩니다. 그 이후에도 타 대학 학생
들이 선생님께 사숙私淑하다시피 지도를 받았던 것으로 압니다.

　선생님! 1968년에 대학을 졸업하고 ROTC 장교로 군복무를 하는

동안 선생님을 잊지 않으려고 드문드문 서신을 올렸지요. 당시는 무장 공비들이 청와대 습격을 시도한 1.21사태로 최전방은 목숨을 걸고 지켜야 할 상황이었습니다. 오죽하면 제가 부하들에게 "여러분이나 나나 병역의 의무를 마치고자 여기까지 왔다. 우리 모두 살아남아서 집으로 돌아가자."고 호소했겠습니까? 해마다 선생님께 연하장으로 새해 인사를 드리면, 선생님께서는 중후한 필체의 붓글씨로 답신을 보내 주셨습니다. 병역을 마치고 1970년부터 고등학교 교사로 있으면서 간간이 선생님을 찾아뵙고 교육현장의 불합리한 실태를 목에 힘줄을 돋우며 성토하면, 선생님은 늘 '겸손'과 '절제'를 당부하시곤 했습니다. 흥분을 잘 하고 듣기보다 말하기를 좋아하는 저에게 선생님은 항상 진정제 역할을 해 주셨습니다.

선생님! 1975년 선생님의 지도로 '국어 의미의 모호성 연구'라는 석사논문을 제출했지요. 그 당시 석사논문은 대개 공타[type]나 청타로 찍어 제출하였는데, 선생님께서는 제 논문과 이석주 선배님 논문을 활판으로 인쇄하라고 권하셨습니다. 그리고 유명출판사까지 주선해 주셨습니다. 1980년 가을 저는 지방대학에 전임으로 가면서, 선생님께 박사과정 입학 문제를 상의한 적이 있었지요. 선생님은 몇 년 기다리면 모교 사범대에도 박사과정이 생길 것이라며 서두르지 않았으면 하시는 것 같았습니다. 그러나 당시 저를 전임으로 쓰겠다는 대학 측에서 학위는 없더라도 과정에는 적을 두어야 한다는 조건을 내세워, 부득이하게 2학기에 신입생을 뽑는 대학원에 서둘러 입학했지요. 그 대학원의 박사과정에는 의미론 강좌가 설강되어 있지 않았습니다. 저는 지도교수에게 간청해 선생님이 강의하시는 서울대학교 대학원의 '의미론 특수연구' 과목을 수강하고 학점을 인정받았지요. 저녁마다 헉헉거리며 관악캠퍼스 꼭대기 사범대학 강의실에서 석사과정에 재학 중인 후배들의 눈치를 보면서 선생님의 강의를 듣던 때가 생각납니다. 선생님께서는 문서 상으로는 박사논문 지도교수는 아니셨지만 사실상 지도교수 몫을 자청해 주셨습니다. 그 결과 저는 '현대국어 공간개념어의 의미 연구'라는 주제로 학위논문을 작성했습니다. 선생님께서는 당시 심사위원이셨던 교수님께서도 좋은 평을 해 주셨다며 저보다 더 기뻐해 주셨습니다.

선생님! 선생님의 논고는 정밀하고 치밀한 탐구를 바탕으로 한 것이었습니다. 선생님의 강의는 문제를 하나하나 제기하며 의문만 나열한 채 확연한 결론을 좀처럼 내리지 않았습니다. 중간에 질문을 하면 '그렇게도 생각할 수 있겠지.' 하시고, 잠시 후 '글쎄….' 그리고 끝내는 '나도 잘 몰라'였습니다. 그래서 선생님이 보여 주신 학문의 '정치성精緻性'을 좇다가 '정체성停滯性'에 빠지지 않을까 후회해 본 적도 있습니다. 선생님은 연륜에 비해 저서와 논문이 비교적 과작이셨습니다. 선생님께서는 '의미론 개설', '한국 한자어에 관한 연구', '한국어의 의미와 문법' 등의 단독 저서를 내셨지요. 그리고 선생님의 화갑 기념으로, 1990년 의미론을 공부하는 후배 제자들과 기획 편집한 책을 내었지요. 그 책은 실제로는 여러 사람이 원고를 썼지만 '이용주·박갑수·이석주·이주행·박경현'을 공동 저자로 간행한 '국어의미론'[개문사 발행]이었습니다. 후배 제자들과 공동으로 전공 서적을 출간하는 일은 당시로서는 흔치 않았지요.

선생님! 그동안 선생님과 저는 여러 가지 측면에서 뜻을 같이했습니다. 그러나 선생님께서 일러 주신 점을 제대로 구체화하지 못해 늘 짐스러웠습니다. 이 자리를 빌려 그동안 선생님의 분부를 따르려고 노력했던 흔적이나마 '보고'를 드리고 싶습니다.

우선 '국어교육과'라는 과의 명칭이었지요. '국어국문학과'나 '교육학과'처럼 '국어교육학과'가 아니라, 왜 '국어과', '국어교육과'라 칭하는지 제가 당돌하게 의문을 제기한 적이 있지요. 국어과나 국어교육과는 학문보다는 교재연구나 하는 과 같다고 했지요. 선생님은 저의 얄팍한 의문을 받아 주셔서 언젠가는 '국어교육학과'라고 해야 한다고 동의해 주셨지요. 그런데 과 명칭이 아직도 '국어교육과'인 것 같습니다.

국어 교사를 양성하는 학과의 교육과정과 교수진 구성의 문제점도 선생님과 동일한 의견을 낸 적이 있지요. 저는 일찍이 한국대학교육협의회의 지원을 받아 '국어교육과 교육프로그램 개발 연구', '국어과 교사 양성을 위한 교육과정 개선 연구'를 한 적이 있습니다. '국어국문학+교직과목'으로 이루어진 커리큘럼을 지양하고 '○○교육론, ○○지도법' 등을 개발할 것을 제안했지요. 그리고 '국어교육'을 전공하지 않은 이들이 국어교육과의 교수진으로 있다는 실태를 보고한 바 있습니다. 그 이후 전국의 사범대학 교육과정과 교수진이 이런 제안과 유사한 방향으로 다행히 개선된 것 같습니다.

국어교육의 영역 문제도 선생님과 저는 의견이 일치하였습니다. '문학' 특히 '창작'의 문제는 국어교육보다는 다른 영역으로 독립되어야 한다는 것이지요. 그리고 국어교육에서 '언어사용기능'을 신장하는 일도 중요하지만, 기본적으로 국어지식 교육을 소홀히

해서는 안 된다는 것이었습니다. '표준어, 맞춤법, 표준발음, 표준화법' 등의 국어 어문규범을 가벼이 다루어서는 안 된다는 것이지요. 사람이 '공교육을 받았다'는 것은 바로 그 나라의 '공용어를 유창하게 구사할 줄 안다.'는 것이지요. 현재도 우리나라 공직자 중에는 국가에서 제정한 어문규범을 소홀히 여기며 공문서를 작성하고, 공직자답지 못한 말투로 국민을 대하고 있습니다. 그래서 감사원에서 국가 어문규범 준수 실태를 새로운 감사 대상으로 삼아야 하겠다는 견해를 밝힌 적도 있지요. 학교교육을 정상적으로 받은 공직자들이 국어 어문규범에 익숙하지 못하다는 것은 국어교육의 기본이 흔들리고 있다는 증거가 될 수 있습니다. 이런 점에서 국민 생활에 큰 영향을 주는 공무를 수행하는 공직자들에게 어문규범 교육을 실시해야 한다는 요지의 '공직자 어문규범 교육의 시행 제안'을 해 보았습니다.

　선생님! 국어교육 현장에서 음성언어 교육을 소홀히 다루고 있는 것을 여러 학자들이 우려했습니다. 일상 언어생활은 말하기와 듣기 위주로 이루어지고 있는데 체계적인 음성언어 교육을 하지 않으면 '반푼 국어교육'으로 끝나게 된다고 두고두고 걱정하고 있지요. 70년대 초반 제가 일선 국어 교사를 하면서, 전교생을 상대로 홈룸Home Room 시간에 '5분 말하기'와 교내행사 때마다 '교장 선생님 훈화 듣고 요약하기' 쪽지 시험을 치르곤 했지요. 당시로서는 초현장적超現場的인 모험이었지만 선생님께서는 적극 성원해 주셨습니다. 다만 동료 교사들의 비난이나 시샘을 받지 않도록 유의하고, 교장 선생님 눈 밖에 나지 않도록 조심하라고 타일러 주셨습니다.

선생님! 요즘에 와서 그때 저에게 배운 제자들이 정치, 언론·방송, 교육 등 각계에서 활동하면서 저의 그 실험적 교육으로 큰 덕을 보고 있다는 후일담이 있습니다. 그 이후 저는 이 분야에 관심을 두고 '듣기 교육에 관한 이론적 고찰'과 '청해교육론'이라는 논문을 엮었지요. 국어교육에 관심이 있는 사람들을 만날 때마다 국어시험 특히 대학입학시험에서 국어 듣기·말하기 부분을 측정해야 한다고 핏대를 올리곤 했습니다. 특히 영어 듣기 평가처럼 국어도 듣기 평가가 필요하다고 주장했지요. 그러나 많은 분들이 회의적이었습니다. 드디어 1994년 대학수학능력시험부터 국어 듣기평가가 처음으로 시행되었지요. 그러나 몇 차례 구색만 맞추다가 사라져 버렸습니다. 말하기 분야의 평가는 아직도 국가 단위 시험에서 소홀히 다루고 있습니다. 다행스럽게도 최근 KBS 한국어능력시험에서 말하기 능력 평가 부분을 한국화법학회가 맡아, 직업군별職業群別로 측정도구를 개발하고 특허까지 출원하고 있습니다.

80년대 선생님께서 저에게 모교의 '국어학 강독' 강의를 맡겼을 때, 학생들에게 '훈민정음 서문을 중학교 학생들에게 설명하기'라는 과제를 자기 목소리로 녹음해서 테이프와 대본을 제출하라는 리포트를 내준 적이 있었지요. 그때 선생님께서는 이런 시도로 교수 화법 연구의 싹을 틔울 수 있다고 격려해 주셨습니다. 그 이후 '교사의 설득화법'이라는 졸고로 이런 뜻을 고구해 본 적도 있습니다.

선생님! 시중에 나와 있는 각종 국어 참고서나 문제집의 영향력을 걱정하셨지요. 이 책들은 부교재 수준을 넘어 현장의 국어교육을 좌지우지할 정도였습니다. 국어 교과서의 읽기 자료를 지나치게 분석적으로 설명해 놓아, 국어교육이 지향해야 할 방향을 오도하는 듯했지요. 이런 점을 우려해 저는 선생님의 말씀을 따라 '국어 학습참고서의 진단과 처방'이라는 제언을 해 보았습니다. 그리고 학습 부진 학생은 대부분은 근본적으로 국어 사용능력에 문제가 있다고 보고, '국어과 학습 결손의 교정을 위한 연구'도 해 보았습니다. 언젠가 선생님께서는 의미론 연구의 최종 단계가 '은유 metaphor' 연구라고 하신 적이 있었습니다. 그래서 저는 '국어 은유의 화용론적 연구', '국어 신체어의 은유적 확장', '관습적 은유 표현의 형성과 해석' 등을 더듬어 보았는데, 지금도 여러 사람 앞에 내놓기가 부끄러운 글입니다.

선생님께서는 우리말을 대부분을 차지하고 있는 한자어의 의미 분석에 관심을 기울여 보라고 분부하신 적도 있습니다. 현재 우리가 사용하고 있는 교육용 한자 중에는 대표훈代表訓이 동일한 한자가 적지 않습니다. 이는 효율적인 한자교육이나 국어교육에 장애가 될 수도 있습니다. 국한혼용國漢混用이 한글전용보다 문자 생활에서 더 나은 점은 생산적인 조어력造語力에 있다고 합니다. 그러나 동훈자가 너무 많으면 새로운 단어를 만들 경우 혼란을 가져올 수 있습니다. 따라서 교육용 한자에서 새김이 같은 자는 가능한 한 의미를 변별하여 적절히 이용해야 할 것입니다. 그런 점에 착안하여 '家, 閣, 館, 宮, 堂, 舍, 室, 屋, 宇, 院, 宙, 宅'자가 모두 '집'이라는 동훈자임을 발견하고 '교육용 한자 동훈자의 의미변별 시고'를 꾀해 본 적이 있습니다. 그러나 공연히 거론만 했지 결과는 미꾸라지가 맑은 물을 흐려 놓은 듯했습니다.

제가 특수대학에 근무하다 보니 의미론을 강의할 기회가 점점 줄어들었지요. 그래서 일반대학으로 자리를 옮겨 보고 싶은 마음은 굴뚝같았습니다. 그러나 선생님 앞에서 감히 이런 말씀을 드리는 것이 속된 일인 것 같아 함구무언했습니다. 선생님께서는 저의 속내를 알아차리고 여기저기 저에게 어울릴 만한 자리를 물색하셨던 것으로 압니다. 그러나 저는 특수대학에서 가르치는 것이 더 보람 있고 신난다는 듯이 떠벌리고 조금은 부풀리기까지 했습니다. 선생님께서는 특수대학에 걸맞은 '응용국어학' 또는 '실용국어론'이라는 영역을 개척해 보기를 권하셨지요. 그런 권유를 염두에 두고 저는 '국어표현론'[1980, 한샘], '리더의 화법', '역대 대통령 취임사의 결속구조 분석', '인권침해적 언어 사용의 실태와 대책', '신문기법 訊問技法의 교육적 활용' 그리고 제가 환갑이 되던 해 동학들과 함께 환력 기념으로 '리더와 말말말'을 펴냈습니다.

선생님! 선생님과 저는 여러 해 당산동 강남맨션 아파트 앞뒤 동에 산 적이 있지요. 선생님은 앞동 꼭대기 5층, 저는 뒷동 1층. 선생님의 서재에서 제 방이 빤히 내려다보였지요. 지금 와서 고백하건대 그리 편치만은 않았습니다. 새벽녘까지 불 켜진 선생님의 서재 쪽을 우러러보면서, 저도 열심히 공부하는 척 일부러 제 방의 전기를 밤새 소등하지 않은 적도 있었지요. 저는 틈만 나면 이웃집에 마을 가는 기분으로 선생님을 찾아뵙고 이러저런 질문을 드리고 인생사를 이야기하곤 했지요. 선생님의 서재를 수시로 드나들면서 귀한 책들을 많이 빌려다 보았지요. 지금도 선생님의 책을 복사한 자료들이 제 방에 쌓여 있습니다. 그때 복사비가 엄청나게 비싸 원본을 구입하는 비용을 능가할 정도였지요. 그런데 그 자료들을 꼼꼼히 읽지 않고 한쪽 구석에 묵혀 둔 게 후회됩니다.

선생님! 저는 선생님과 앞뒷집에 살면서 사사로운 이야기도 많이 나눈 것 같습니다. 선생님은 항상 저의 수다를 맞장구치며 경청해 주셨고, 잦은 만남으로 허물없이 이야기를 주고받는 사이가 되었지요. 만년필 한 자루로 장정 대여섯 명쯤은 상대할 수 있다는 검도 이야기, 한때 날아가는 새도 떨어뜨릴 정도의 권세를 누리던 제자가 선생님께 '바람'을 말씀해 보라고 했지만 사양했다는 behind story… 아침 운동을 하러 아파트 중앙공원에 나가면 새벽기도를 다녀오시던 사모님과 심심찮게 조우하여 삶의 이야기를 나누곤 했지요. 젊은 시절 사모님께 "당신을 줄이고 늘일 수 있는 힘이 있으면 좋겠어. 내가 당신을 데리고 들어가지 못할 곳에도 함께 가게, 강의시간에도 주머니에 넣었다가 보고 싶을 때 꺼내 보게."라고 하셨다는 지극한 사랑 이야기, 부부싸움 끝에 대문 밖으로 나가던 사모님의 치마꼬리를 잡고 늘어진 적이 있다는 선생님의 너무나 범부적凡夫的인 모습을 일러 준 한쪽만의 일방적인 전언, 국어학을 전공한 아드님의 대학 출강 문제, 집을 옮기는 문제 등… 고개 너머 목동신시가지가 개발될 때, 제가 함께 목동으로 이사 가시자고 했던 적이 있었지요. 그때 사모님께서는 기꺼이 동의하시는 듯했는데 선생님께서는 일언지하一言之下에 '그 물구덩이로 뭐하러 가!' 하시며 마뜩잖아 하셨습니다. 저만 목동으로 이사를 갔지요. 그 후 목동이 크게 발전해 집값이 하루가 멀게 오르게 되자 선생님은 두고두고 사모님께 푸념깨나 들으셨지요.

선생님! 타 대학 출신 교수들 중 몇 분은 저를 보고 선생님의 '1세대 제자'라느니 심지어는 '수제자'라고까지 합니다. 언감생심! 제가 이런 당치도 않은 호칭으로 불리다니 참으로 송구스럽고 죄송합니다. 제가 하도 자주 '의미론'을 들먹이고 선생님의 제자임을 지나치게 자랑하다 보니 이런 죄를 짓게 되었나 봅니다. 어쨌든 제가 이런 부름말을 완강히 부인도 시인도 하지 않아, 결과적으로 사칭하고 다닌 꼴이 되었습니다. 선생님! 공부는 안 하고 이런 호칭이나 달짝지근하게 여겼던 저를 해서海恕해 주시기 바랍니다. 선생님! 저는 선생님의 많은 제자들 가운데 그 누구보다도 사랑을 듬뿍 받았습니다. 이 모든 것은 아마 '앞집 스승 뒷집 제자'로 지냈던 덕분이 아닌가 합니다. '수제자'는 못되어도 18세부터 미친 듯이 선생님의 학덕'을 본받고 싶어 했던 '애제자愛弟子' 또는 '광제자狂弟子'를 자처하렵니다.

　선생님! 엊저녁까지만 해도 온 세상이 뿌옇게 흐렸었는데, 오늘 새벽은 맑게 개어 제효霽曉 선생님의 모습을 언뜻언뜻 떠오르게 합니다. 그렇게도 안기기 힘들었던 주님의 품 안에 계시는 선생님! 이제 가리는 것 없이 맛있는 것 자시고 꺼리는 것 없이 말씀하시며, 선생님을 기억하고 있는 후학들을 굽어 살펴 주시옵소서. 2007년 가을 박경현 절 드립니다.

　　　　　—「한국어의 의미 새벽을 열다」서울대학교 사범대학 국어교육과 동문회

자네들이 나의 산과 강

무슨 일 있어. 전화 왜 안 받아?

전화하지 말고 문자 넣어. 폐암 치료 중이야.
53년 x나게 담배 폈으니 올 게 왔지.
약물 투여 후유증 때문에 컨디션 변화가 많으니
전화 받기가 쉽지 않아.
변화가 있으면 알려 줄 테니까 염려들 말고~

야, 이 친구들아 나 아직 버티고 있어.
왜 벌써 죽은 놈 보드키 혀?
2회 항암 주사 맞았는데
후유증이 왔다가 사라지면 멀쩡해.
그래서 당구도 치고 낚시도 하곤 하지.
염치없이 더 살게 해 달라고 기도도 하고
주치의 말도 잘 따르고 있지.
우리 나이 되면 찾아오는 손님이 오셨으니
잘 모시고 살아 볼라네.

마음은 비교적 잠잠한 편이네. 극복하리라는 희망이 있네.
모두들 고맙고 이 카톡방이 우울하지 않았으면 바라네.
종종 소식 전할게^^

담대한 것이 아니라, 맡기는 거지. 신의 뜻이라 생각하고~
나는 기원할 뿐, 인간이 할 수 있는 희망과 극기의 정신만
잃지 않게 도와달라고 기도하고 있네.
내가 이래 봬도 사이비 기독교인이었지. ㅋㅋ

아마 60대에 이 병이 왔으면 방방 뛰었을 걸?
왜 하필 나냐고?
암센터 항암주사실은 마치 이승과 저승 사이를 흐르는
비통의 강에 떠 있는 섬 같은 느낌이었네.
그 섬에서 뱃사공 카론은
몇 명이나 이승으로 도로 데려다 줄까?
암 환자가 그리 많은 줄 몰랐네.
그런데 더 놀란 건 10명 중
나보다 나이가 많은 사람은 한두 명?
물론 폐암보다야 가벼운 사람들이겠지만 말이야.
어쨌든 우리 나이엔
앞서거니 뒤서거니 찾아오는 병이라 생각하니
덜 억울하긴 하더라고~

더구나 나는 꼴리는 대로 살아온 놈이라

내 몸이나 신께 별 할 말이 없어.

뒤통수나 긁어야지. ㅎㅎ

'앞으로 잘 할게요. 용서해 주세요.' 할 뿐.

어쨌든 환자가 해야 할 일은 최선을 다해 해 보겠네.

힘을 모아 주게.

지난 수년 동안 주위 사람들이 암에 걸려 힘든

항암 투병을 하는 걸 지켜보면서

그 고통을 좀 덜어줄 수 있는

아무것도 할 수 없는 무력함에 참 망연했지.

그러나 고통스러운 기간을 참고 넘기면

다시 정상으로 돌아오는 것을 보면서

우리 삶에 있어서 견디기 힘든 고통은

극복하는 것이 아니고

그저 '참으면서 넘기는 거'라던

박완서 선생 말을 되새기곤 했지.

자네는 기본 체력도 좋고 의지도 남다른 사람이니

이 병마를 이겨 내리라 믿는다.

그리고 네가 겸허한 자세로 표현한,

'사이비 종교인'이든 아니든지 간에,

너의 투병을 응원하는 우리 동기들의 간절한 마음이

강력한 기도가 되어

너의 투병에 큰 힘을 발휘하기를 바란다.

잘 견뎌 내고 있지.
오늘은 간간이 삽상한 바람이 스쳐 가네.
보고 싶네.

    요즘 2차 항암치료의 후유증에서 조금씩 벗어나고 있네.
    일주일 저항력을 길러 또 3차 치료에 들어갈 예정.
    염려들 해 주어 고맙네.

고생 많이 한다.
한 차례 힘든 항암치료 끝나고 조금 평정을 찾았다가
곧 그다음 항암치료를 하는 과정이 정말 힘들지.
아무리 힘들어도 한 과정, 한 과정 인내하는 수밖에 없지.
너는 특별히 '쎈' 사나이잖아.
너는 물론이지만 제수씨도 옆에서 지켜보면서
같이 힘들어 하겠지.
가족들 생각해서라도 독하게 마음먹고 이겨 내라.

    '강은 산을 넘지 않고, 산은 강을 건너지 않는다'는 말을
    나는 '강은 산을 안고 흐르고, 산은 강을 업고 건넌다'로
    바꾸었는데~ 지금 자네들이 나의 강과 산일세.

2018년 2월 19일 카톡방의 대화는 소리 없이 끊기다.

들숨 날숨

주로 들숨과 날숨으로 심신을 수련하는 국선도國仙道를 만난 지 어언 스무 해도 넘었다. 쉽지 않은 과정을 거쳐 국선도 협회로부터 '도목법사'道牧法師라는 칭호를 받았다.

특별히 심신에 이상이 있어서가 아니라 50대 중반에 걸맞은 건강 유지 방법의 하나일 것 같아 국선도에 입문했다. 수년간 이른 아침에 내가 재직하던 대학의 체육관에서 오세만 사범님의 지도를 받으며 교직원과 교육생, 인근 주민들과 어울려 수련을 하였다. 그러나 국선도의 효능을 체감해 '우리 평생, 국선도 같이합시다.'라고 다짐하며 함께 수련하던 선배 교수들이 하나 둘 정년으로 퇴임하자 혼자 남은 나는 수련에 게을러졌다. 환갑 나이에 꼭두새벽 장거리 운전하는 것이 부담스러웠고 그 무렵 마침 덕당 김성환 정사의 국선도 CD가 출시되어 집에서 혼자 수련이 가능할 것 같았다.

집에서 몇 달 동안 독공을 해 봤지만 집중도 안 되고 호흡도 자주 끊겼다. 국선도 수련은 혼자서 하기가 쉽지 않다는 걸 절감했다. 수소문 끝에 집에서 가까운 강남스포츠문화센터 새벽반에 등록해 최덕지 사범님의 지도를 받게 되었다. 그때가 2005년이었다.

30명 가까운 도우들이 05시 50분에 시작해 07시경 수련이 끝나

자마자 각자 뿔뿔이 헤어지기 일쑤였다. 학교에서 수련할 때와는 다르게 서먹하고 다소 냉기가 흐르는 분위기였다. 내가 죄수복 같은 푸른 도복에서 하얀 도복으로 갈아입을 즈음에 자진해서 자축회식을 거하게 마련했다. 그동안 눈인사 정도나 나누며 지내던 도우들이 드디어 통성명도 하고 자기 신상도 밝혔다. 대부분 70대 전후이고 60대, 80대인 도우가 몇 분 계시다. 직업은 전직 공공기관 청장, 회장, 사장, 이사장, 원장, 장군, 교수, 현직 의사, 목사 등 다양하다. 연중 새벽마다 함께 수련하는 게 예사로운 인연이 아니라며 서로 체험을 나누고 격려하자며 '수서단우회' 모임을 자주 가진다.

요즈음 우리 도우들의 일상은 다음과 같다. 80대의 최연장자 도우가 누구보다도 이른 시간에 나와 수련장을 환기하고 각종 기기를 점검하고 바닥을 깨끗하게 정리한다. 지도사범은 먼 거리에서 지하철 첫차를 타고 와 수련 시작 몇 분 전에 도장 입구에 서서 출석하는 도우들과 말인사를 한다. 나도 그 곁에서 친밀감의 표시로 하이파이브를 하며 덕담을 나눈다. 수련이 끝나고 몇몇 분은 '커'피를 마시러 '탄'천을 걷는 '커탄회' 활동에 참여한다. 탄천 산책로를 1시간 가량 걷고 커피점에 모여서 함께 끽다를 하며 수련 체험, 시사 문제, 생활 경험 등에 대해 환담하고 8시반에 어김없이 헤어진다. 그밖에 목요일마다 조찬을 같이하는 '목찬회', 월 1회 이상 논어, 명심보감 등 동양고전을 읽고, 명시 낭독 및 해설, 각자 전문 분야 소개 등을 하는 '리딩클럽', 오랫동안 어울려 수련해 온 도우끼리 태어난 고향 가 보는 '생가순례'도 했다.

다수의 도우님들에게 직함을 하나씩 드려 소속감과 친밀감에 젖게 했다. 수단회 모임을 이끌어 가는 남녀 '사무총장', 커탄회 '총재', 생가순례 '회장', 리딩클럽 '의장', 목찬회 '좌장', 카페를 담당하는 '정보통신 위원장', 다소 먼 거리인 위례, 판교에서 새벽 수련에 나오시는 분들은 '위례 지부장', '판교 지부장'이라고 부른다. 간간이 중도 포기하려는 도우나 장기간 입원하고 있는 도우를 격려 방문하기도 한다.

국선도는 오래 수련해야 한다. 금방 효과가 나타나는 것은 아니다. 낙숫물 한 방울 한 방울이 떨어져 결국 바위를 뚫듯이[水滴石穿(수적석천)], 새끼줄이라도 끊임없이 톱질을 하면 큰 나무도 잘라 낼 수 있듯[繩鋸木斷(승거목단)] 시간을 투자해야 효과를 볼 수 있다. 수련을 하다 보면 건강에 확신이 생긴다. 안전사고를 당하지 않는 한 건강에는 문제가 없을 것 같기도 하다.

일요일 빼고 매일 조신법 10분, 단전호흡 40분, 마무리 10분 등 매일 60분씩 수련을 하고 있다. 조신법은 요가와 같은 동작으로 몸을 머리부터 발끝까지 풀어주는 것이다. 단전호흡은 복식호흡을 하며 가부좌를 하고 명상을 한다. 숨을 들여마시고 항문을 조이며 기氣를 모아 온몸에 기를 돌린 다음, 들여마신 시간보다 두 배로 길게 숨을 내쉰다. 들숨에서 배가 나오고 날숨에서 배가 들어가는 그런 방식 말이다. 우리는 아기 때 모두 복식호흡을 했었다. 그러나 어느 날부턴가 편리한 흉식 호흡으로 바뀌기 시작했고, 이제 의식하지 않는 한 자연스러운 복식호흡은 쉽지 않은 상황이 되었다.

국선도는 종교와 관련이 없고 '자신의 몸을 스스로 괴롭힌다.' 할 정도로 수련을 하면, 다음과 같은 효과를 얻는다는 과학적 연구 결과가 나타났다.

첫째, 스트레스 개선과 면역력 강화로 각종 질병을 예방할 수 있다.
국선도 수련 후 스트레스 호르몬이 20% 이상 감소된다. 혈중 활성산소 수치의 감소로 인한 면역력이 증가된다. 부교감신경계의 활성화로 인해 면역력이 증가된다.

스트레스와 활성산소가 감소할 때 나타나는 사례로는, 만성피로로부터 해방되어 몸이 활기차고 가벼워진다. 고혈압, 고지혈증 등 성인병 질환을 예방할 수 있다. 편안한 숙면을 취할 수 있다. 아름답고 고운 피부를 유지할 수 있다.

둘째, 혈액순환을 개선할 수 있다.

국선도 단전호흡을 하면 혈액순환이 일반인에 비해 두 배 이상 좋아진다. 혈액순환이 잘 되어 심장이 박동하는 횟수가 약간 줄어들면, 심장이 하는 일이 적어져 편해진다. 심장이 편해지면 교감신경의 활동이 줄고, 부교감신경의 활동이 늘어나 마음이 평온해진다. 혈액순환이 빨라지면 같은 시간에 더 자주 피가 순환돼 산소와 영양분을 그만큼 더 많이 신체의 각 세포에 공급할 수 있다.

혈액순환이 잘 되는 사례로는, 손가락 발가락 끝까지 불그레한 혈색이 돌고 따뜻해진다. 코가 잘 막히는 사람은 콧속의 울혈이 줄어 잘 뚫린다. 입안에 침이 잘 나온다. 결가부좌를 하더라도 정맥이 막히지 않아 다리가 저리지 않은 채 오래 앉아 있을 수 있게 된다.

셋째, 심리 불안이 감소하고 면역력이 강화될 수 있다.

심리 불안이 1.3배 감소한다. 면역 물질이 1.8배 증가한다. 심리

불안이 감소하고 면역력이 증가하면 나타나는 사례로는 환절기면 찾아오는 감기를 예방 혹은 가볍게 이겨 낼 수 있다. 주변 환경의 바이러스로부터 우리 몸을 보호할 수 있다. 어떤 일을 하든지 자신감을 갖고 당당하게 임할 수 있다.

국선도 수련은 사실 자기 자신과의 싸움이다. 정말 인내력이 있어야 재미를 붙일 수 있다. 단전호흡을 하면 산소공급이 원활해져 몸이 새로워지는 느낌이 든다. 같은 연령층에 비해 혈색과 유연성이 좋고 체력이 좋아 잔병치레도 드물다. 정신적으로도 침착함과 집중력이 생겨 잠재 능력 개발에도 도움이 된다.

국선도는, 그러나 요가만큼 오랜 세월 수련을 이어 온 품격 높은 심신 단련운동이다. 국선도는 궁극적으로 명상이며 기 운동이다. 구체적인 호흡법, 세포를 깨우고 체내 독소를 제거해 주고 더 많은 산소가 몸속에 들어가게 해 주는 생활 운동이기도 하다.

국선도는 정신을 집중해서 꾸준히 정진하는 것 외에 다른 지름길이 없다. 미련할 정도로 열심히 수련하다 보면 "잘 되면 신선이고 못되어도 건강은 남는다."는 옛말이 실감난다. 몇 달 하는 척하다가 기대만큼 성과가 없다고 국선도 자체를 과소평가하면서 중도에 포기하는 것은 마치 겨울 낚시꾼이 얼음 구멍을 뚫다가 물도 들여다보지 못하고 "고기가 없더라."고 하면서 자리를 옮기는 것과 같다. 처음 구멍을 뚫기는 힘들어도 뚫은 구멍을 키우기는 쉽고 구멍을 키운 후 고기를 낚을 때 손맛을 못 보고 중도에 포기하면 힘들여 뚫은 구멍은 다시 얼어붙게 되는 것과 같다.

모든 운동에서도 마찬가지겠지만 무리는 절대로 금물이다. 사람의 체형과 체력 정도에 따라 어떤 동작은 쉽게 되지만 어떤 동작은 예상외로 어려움에 봉착할 경우가 생긴다. 너무 의욕이 앞서 주위 동료들의 유연한 자세에 충격을 받은 나머지 과도하게 시도한 동작은 자칫 오랜 기간 동안 수련하는데 많은 장애를 가져올 수가 있다.

한글날 손주들에게

민아! 승아!

오늘은 '한글날',

나라에서 정해 다 함께 쉬는 날 '공휴일公休日'이지.

할아버지가 너희들에게 잠깐

한글에 얽힌 이야기해 주고 싶은데 들어줄래.

이왕이면 귀 기울여 줘.

574년 전 1443년에 세종대왕께서

'국민을 가르치는 바른 소리' 훈민정음訓民正音이라는

우리나라 글자 28자를 처음 만드셨어.

이전에 없던 걸 처음 만들면 '창제創製, 創制'라고 해.

이 훈민정음을 창제하시고 이걸 세상에 널리 퍼뜨려

국민 모두가 알게 하셨어. 이렇게 널리 알리는 걸

'반포頒布'라고 하지. 반포는 1446년에 하셨어.

그러니까 지금부터 몇 년 전일까? 옳지, 571년 전 맞아.

오늘 한글날은 바로 훈민정음 반포 571돌을 맞이하는 날이야.

길거리 현수막에 '한글 창제 및 반포 571돌'이라고 쓴 걸 보았지.
어딘가 이상한 것 찾아내기~

훈민정음이 아니라 왜 '한글'이냐고?
창제 및 반포에서 '창제 571돌'은 아니잖아요?
역시 우리 민이 승이는 '물음과 따짐'을 잘 하는구나.
그래, 세종대왕께서는 자신이 만든 훈민정음을 '한글'이라고 부르는 건 모르실 거야.
1910년대 즈음에 한글학자들이 훈민정음을 '한글'이라고 불렀으니… '한글'이란 말의 뜻이 궁금하지? '한'자가 앞에 붙는 말 생각해 볼까?

한민족, 한겨레… '한국, 우리나라'
한길, 한바탕… '큰'
한학교, 한집안… '같은'
한가지, 한 사람… '하나, 유일한'
한복판, 한가운데… '바른, 正'
한아름, 한사발… '가득하다'

아유! 할아버지 숨차다.
의사 선생님이 말 많이 하지 말고
되도록 큰 소리 내지 말라고 했는데….
누가 물 한 잔 갖다 줄래?

그러니까 한글은 가장 큰^{위대한} 글자, 우리 겨레의 글자, 오직 하나뿐인 글자, 바른 글자, 결함이 없는 원만한^{가득찬} 글자⋯ 이런 뜻을 품고 있단다.

할아버지는 대학생 때부터 자주 세종대왕릉을 찾아간다.

이분이 만드신 글자의 신비하고 과학적인 원리를 더 깊이 더 넓게 알고 싶어서⋯.

경기도 여주에 가면 세종대왕 묘소 '영릉'이 있어.

경강선 전철 타고 '세종대왕역'이나

종점 '여주역'에서 내려 버스를 이용하면 갈 수 있어.

언제 엄마 보고 한번 데려다 달라고 해 봐.

그곳에 가면

세종대왕릉 '영릉英陵'이 있고

효종대왕릉 '영릉寧陵'이 있어.

세종은 지금부터 620년 전 1397년에 태어나서 21세 1418년에 임금님 자리에 오르셔 53세 1450년에 돌아가신 왕이시지.

어린 나이에 '즉위卽位'하시고

이른 나이에 '붕어崩御'하신 것 같지.

할아버지! 우린 대학생 아닌데⋯ 아하! 알아듣기 어렵다고⋯.

'즉위'는 왕의 지위에 오르는 걸 말하고

'붕어'는 왕이 죽으면

'산이나 언덕이 무너지는 것 같다.'고 한 거야.

'세종世宗'이란 왕의 이름은 그분이 돌아가신 뒤 붙인 거야.
능을 참배하면서 '세종대왕님! 안녕하셨어요.'라고 인사드려도
대답을 안 하실지 몰라.

공부 잘 하려면 어휘력이 풍부해야 돼.
왕릉 주변에 세워져 있는 비석을 세밀하게 살펴보면
세종의 '시호諡號'를 발견할 수 있지.
시호는 왕이 죽은 뒤에 공덕을 칭송하여 붙이는 이름으로
당시 강대국 명[明, 중국]에서 내려주었다네.
'세종장헌영문예무인성명효대왕世宗莊憲英文叡武仁聖明孝大王'
이를 줄여서 우리는 '세종대왕'이라고 하는 거야.
'세상에서 으뜸인 대왕'
이 긴 이름을 풀이해 보면

'엄함과 공경으로 백성을 대하고
행동이 착하고 밝아 본보기가 되었고
학문에 영특하고 병법엔 슬기로우며
인자하고 뛰어나며 총명하고 사리에 밝으며
효성스러운 큰 임금'이라는 의미란다.

후세 사람들이 어떻게 불러 주느냐는
생전의 '사람됨'에 따른 것이 아닐까?

한글날을 맞이하여 '세종장헌 영문예무 인성명효 대왕님!'
감사합니다.

손주들아!
우리말을 곱고 아름답게 쓰자.
이 늙다리 할아버지 이야기, 열심히 들어주어 고맙다.
뿌듯하다. 자주 만나자

－2017. 10. 9. 한글날에

9
훈수 두기

미끄럼 타던 갈비

어릴 적 가장 먹고 싶었던 것이 갈비였다. 그때는 소갈비든 돼지 갈비든 닭갈비든 '갈비'라는 말만 떠올려도 군침이 돌았다. 그래서 이순耳順 가까워지기까지 무슨 한풀이나 하듯 갈비를 즐겨 먹어 왔다. 그럴만한 사연이 있다.

아버지가 남긴 깊은 뜻을 헤아리며

1950년대 후반이었던가! 선친께서 어느 고등학교의 입학시험 책임자로 계신 적이 있다. 당시는 고등학교도 학교별로 시험을 치렀다. 합격자 발표가 나고 얼마 동안 등록 기간을 주었다. 그런 다음 이런저런 사정으로 등록을 하지 못하는 결원이 생기면 학교 나름대로의 기준에 따라 보결생을 충원하였다. 그 기준은 대체로 성적보다는 기부금, 장학금 등의 명목을 붙인 금품이었다. 아버지께서는 합격자 발표 때마다 아예 1점 차점자, 2점 차점자, 3점 차점자 등도 발표하여 그 순서에 따라 철저히 보결생을 뽑는 분으로 정평이 나 있었다. 그런데도 입시 때가 되면 우리 집으로 학부형들이 금품을 들고 찾아오곤 했다. 이른바 '와이로賂物'를 써서 자녀의 입학을 허가받으려는 것이었다. 그래서 선친께서는 입시 때가 되면 집에 들어오시지 않고 어디론가 피신하시곤 했다. 아버지의 청렴성을 누구보다도 잘 알고 계시는 어머니도 어디론가 몸을 피하고 계셨다. 우리 어린 형제들만이 집을 지켰다.

　모두가 다 어려웠던 당시에 뇌물이라야 '나마까시^{생과자}' 상자나 사과 한 궤짝 정도였다. 자녀의 실력이 지나치게 쳐지거나 경제적인 여유가 있는 부형들은 귀한 갈비나 심지어는 쌀 한 가마니 정도를 가지고 찾아왔다. 부모님이 집을 비우셨을 때, 형과 나는 그 뇌물들을 받은 적이 있다. 학부형들의 간곡한 사정을 듣고 그냥 받아 두어도 되는 것으로 여겼기 때문이다. 어쩌다 야심을 틈타 아버지께서 잠깐 들어오시면 우리 형제가 모르고 받아 둔 각종 물품들을 보고 크게 진노하시며 다시 되돌려 주라고 엄명을 내리셨다. 참으로 망연자실할 노릇이었다. 입시 때만 되면 어김없이 찾아오는 엄동설한에 뇌물 공여자의 이름도 잘 모르고 거처도 잘 모르는데 어찌 다시 반환을 할 수 있는가? 그래도 우리 형제는 아버지의 호령을 수행할 수밖에 없었다. 그 명령을 받들기에는 초등학생인 나와 중학생인 형은 벅찼다. 그 꽃같이 빚어 놓은 생과자, 기름기 주르르 흐르는 갈비짝, 이런 귀하고 맛있는 것을 한번 입에 대 보지도 못하고 이 집 저 집을 찾아다니며 되돌려 주는 일은 어린 마음에 너무나 원통^(?)하기까지도 했다.

군침 도는 갈비의 유혹

　어느 날이던가? 형과 나는 천근만근이나 되는 갈비짝을 돌려주려고 뇌물 공여자의 집을 찾아 나섰다. 벌건 핏물이 흥건히 배인 신문지로 둘둘 포장된 갈비짝을 어깨에 메고 어린 우리들은 이 거리 저 거리를 헤매며 다녔다. 거리는 한 걸음도 내딛기조차 힘겨운 빙판이었다. 그러나 우리는 아버지의 명령을 충실히 수행하고자 힘겨운 뇌물 반환의 작전을 수행하고 있었다. 형은 살을 에는 듯한 추위 속에서 북극을 정복하는 탐험자처럼 묵묵히 앞장서서 갔다. 나는 어린 마음에 일 년에 한 번 먹을까 말까 한 갈비를 한 대도 뜯어 보지 못하고 선물로 준 것을 다시 돌려주어야 하는 이유를 이해할 수가 없었다. 그런 여린 마음을 품고 있어서인지 발이 잘 떨어지지 않았다. 급기야 우리는 미끄러운 얼음판 위에 갈비짝을 내동댕이칠 수밖에 없었다. 내 생각에는 부모님이 지나친 결벽증을 가지고 계시지나 않는가 의아해하기도 했다. 선물로 받은 것을 왜 꼭 돌려주어야 하는가? 형이 좀 융통성(?)을 발휘했으면 하며 나는 한참 동안 빙판 위에 앉아서 형에게 눈을 흘겼다. 뇌물 공여자의 집을 못 찾았으면 하는 생각도 했다. 그러나 형의 투철한 사명감으로 역시 반환 작전은 성공했다. 그 후로도 오랫동안 갈비 한 점 뜯어 보지도 못하고 형과 빙판 위에 갈비짝을 사이에 두고 가벼운 실랑이를 벌이던 시절을 못내 아쉬워하며 지냈다.

궁지를 벗어나게 한 '부끄러움'

20대 초반에 나는 서울 시내 어느 여자고등학교의 교사로 초임 발령을 받았다. 그리고 한 학급의 담임교사가 되었다. 어느 날이던가! 어떤 학부형이 찾아왔다. 정부 부처의 고위층 부인이었다. 자기 자식에게 특별히 관심을 기울여 주기를 부탁하고 점잖게 돌아갔다. 정중히 배웅을 하고 돌아와 책상 서랍을 열어 보니 '촌지寸志'라 했든가 '미의微意'라 했든가 붓글씨로 무어라고 쓴 두툼한 봉투가 들어 있었다.

교무실에는 아무도 없어 본 사람은 없었지만 내 가슴은 쿵쾅쿵쾅 뛰었다. 이 봉투를 받아 둘 것인가 돌려주어야 할 것인가. 내가 국가의 후원을 받아 정통 사범교육을 받은 청년 교사인데, 사명감에 불타는 교육 공무원인데, 교직을 가업처럼 여기며 아버지의 뒤를 이어 교사가 되었는데 이러면 안 되지, 총각이 무슨 돈이 필요하나 등 잠시 생각을 하다가 얼른 학부형을 뒤따라 나갔다. 학부형은 벌써 교문 밖으로 나가고 있었다. 나는 신발도 제대로 신지 못하고 실내화 바람으로 학교 운동장을 가로질러 뛰어갔다. 학부형은 고급 승용차를 타고 훌쩍 떠나 버렸다. 이 일을 어쩌나 안절부절못할 수밖에 없었다. 학부형에게 전화를 했다. '이러지 않으셔도 댁의 따님을 잘 돌봐 드릴 터인데 왜 금전을 두고 갔느냐.'고. '다른 선생님들도 다 그러는데 뭘 그걸 가지고 그러느냐.', '돈이 적어서 그러냐.', '처음이라 그러시는 모양인데 괜찮다.', '교장 선생님도 잘 안다. 대학원 공부하신다는 데 책 사는 데 써라.' 하는 등 나를 다독거리기도 하고 충고하기도 하고, 때론 으름장을 놓기도 했다.

청운의 뜻을 교육계에서 펴고자 하는 당시의 내 젊고 맑은 마음에 한 방울 검은 먹물이 퍼져 오고 있는 것 같았다. 돈 봉투를 여학생의 손에 들려 돌려보내자니 교육적으로 여러 가지 문제가 생길 것 같고, 감히 고위층 학부형 집을 찾아갈 수도 없고 진퇴양난이었다. 마음이 무거웠다. 내가 한낱 몇 푼에 사도師道를 팔아야 되나? 바른 마음, 바른 행동, 바른 자세를 시간마다 강조하는 국어 선생인데. 별별 오만가지 생각이 오락가락했다. 그리고 어린 시절 아버지의 야속한 뇌물 반환 작전이 생각났다. 그 순간 그 청렴하고 꼿

꼿한 아버지의 아들로서, 다음 세대를 바르게 인도하겠다고 스스로 선택한 교직의 길을 걷는 자로서 내 손에 떳떳하지 못한 봉투가 건네졌다는 사실만으로도 상대방에게 호락호락하게 보인 것 같기도 하고 무시당하는 것 같기도 한 '부끄러움'이 밀려왔다. 손이 덜덜 떨렸다. 나로서는 큰 용기를 내어, 돈 봉투를 몽땅 털어 종례 시간에 우리 반 학생들에게 수박 파티를 열어 주었다. 나는 '오늘 선생님에게 눈 먼 돈이 생겼다. 우리 모두 맛있는 수박 먹고 대학입시 준비에 찌든 몸과 마음을 시원하게 하자.'는 훈시 비슷한 것을 덧붙였다. 그다음 날 학부형으로부터 전화가 왔다. '우리 애한테 이야기 들었다. 그렇게 공개해도 되느냐.'고. 나는 아무 대꾸도 하지 않았다. 그러고는 전혀 부끄럽지 않았다. 그 거액의 돈 봉투를 탐냈더라면, 학생에게 얼마나 부끄럽고 내 자신에게도 얼마나 부끄러웠을까? 그 후로 30여 년간 내 교직관의 8할은 아버님의 음덕을 입었던 것 같다.

되풀이되는 부패의 역사

공직 생활을 하면서 '부정부패의 척결', '청렴한 공무원', '부패와의 전쟁' 등의 정책 명제를 귀가 따갑도록 들어 왔다. 그런 정책을 그렇게도 강조하던 지도자들과 그 가족이 엄청난 부패에 연루되어 법정에 서는 것도 보았다. 부패의 역사가 되풀이되고 있다. 한없이 성실하고 조직 발전에 큰일을 해낼 것 같던 동료 직원이 '부정, 부패, 뇌물, 수뢰' 등의 혐의를 받고 공직을 떠나는 것도 비일비재하게 보았다. 부정부패는 금전 수수뿐만 아니라, '인사 청탁, 매관매직, 학력 위조, 허위사실 유포, 직권남용' 등 참으로 다양했다. 그런데 당사자들은 '별것 아니었는데 재수 없게', '관행인데 미운 털이 박혀서', '정치적 음모로', '내부 고발 때문에, '줄을 잘못 서서' 운운하면서 변명을 하였다. 그들은 공무를 수행하는 공직자로서, 한 가정의 도덕적 푯대가 되어야 하는 아버지로서, 직원들에게 수없이 청렴을 강조하던 상사로서 전혀 자숙하지 않고 '부끄러움'을 모르는 태도였다. 쇠고랑을 차고 고개 푹 숙이고 이리저리 끌려다니는 모습을 친자식이나 친손자들이 보고 있다는 생각이나 해 보았을까? 스스로는 잘못이 없다고 변명하여도 공직자로서 물의를 빚어낸 것만으로도 부끄러워할 일인데 말이다. 그렇지 않으면 얼굴이 두꺼운 '철면피'요, 부끄러움을 잃어버린 '파렴치한破廉恥漢'이 아닐까?

'청렴'을 비웃는 풍토

어떤 연구소가 실시한 '부패 심리에 관한 조사'에 따르면, 부패 심리는 지도층이나 공직자에게만 있는 것이 아니라 모든 국민이 전반적으로 지니고 있는 것으로 나타났다. 상당수의 국민이 자기 일을 빨리 해결하기 위하여 공무원에게 뇌물을 주는 것을 당연하게 생각하고, 아는 사람을 찾아가서 개인적인 일을 부탁하는 것도 당연한 것으로 여기고 있는 것으로 나타났다. 그럼에도 불구하고, 국민들은 부정부패의 책임은 지도층이나 공무원들에게 있고 의식 개혁이란 나하고는 상관없다는 태도를 보인다. 이런 태도는 민주 시민으로서의 주인 의식을 제대로 갖추지 못한 것이다. 그러한 자세를 가진 국민이 많으면 많을수록 우리 사회가 건전하고 살기 좋은 사회로 발전하기는 어렵게 된다.

우리 사회의 부정부패는 그 책임을 누구에게 돌릴 문제가 아니다. 언제부터인지 '청렴결백한 관리' 곧 청백리라는 낱말을 입에 올리면 코웃음칠 만큼 공직자의 가치관이 크게 흔들리고 있다. 우리 공직 사회에는 청빈한 생활과 봉사에서 긍지를 느끼는 것이 아니라, 승진과 출세를 위해 돈은 절대로 필요하니 수단과 방법을 가리지 않고 우선 취하고 보자는 금전만능 의식이 암암리에 널리 퍼져 있다. 돈과 존경이 똑같은 기준에서 평가되는 가치관의 전도 현상이 긍지도 자부심도 소신도 없는 공무원상을 만들어 내고 있다. 공직자의 청렴은 공무 수행과 관련된 개인적 욕망을 결부시키지 말라는 뜻이다. 공직자의 청렴은 누구나 지키고 싶은 미덕이다. 그러나 막상 이것을 생활신조로 하면서도 권력과 금력, 그리고 소유욕과 경쟁심이 이 신조를 무너뜨릴 유혹의 손길을 보낼 때 대부분의 공무원은 흔들리고 만다.

청렴은 불교에서 가르치는 것처럼 욕망을 줄여 나갈 때 가능해진다. 그리고 절약과 절제를 바탕으로 어릴 때부터 지속적인 학습에 의해 형성될 수 있다. 그러나 공무원이 된 후에라도 청렴을 최고의 미덕으로 삼고 부끄러운 공직자로 낙인찍히지 않으려면 부정한 일에 대한 부끄러움을 느끼도록 끊임없이 교육시킬 필요가 있다고 본다. 청렴한 업무 수행만이 자신의 직무에 대한 보람과 긍지를 가질 수 있는 지름길이기 때문이다.

떳떳해야 위신이 선다

예부터 우리나라에는 '청렴하면 위신이 생긴다[廉則生威(염즉생위)].' 는 「채근담」의 말을 공직 생활을 통해 몸소 실천한 청백리들의 이야기가 많이 전해지고 있다. 「대학」이나 「목민심서」 등에도 '마음' 이 청렴한 것을 공직자의 필수 조건으로 들고 있다. 그러므로 부정한 일을 하는 것이 얼마나 부끄러운 짓인가를 마음으로 인식하게 하는 교육이 절실하다. 그리고 청백리에게는 국가유공자에게 베푸는 만큼의 혜택을 주어야 한다. 얼굴조차도 본 적이 없는 조상의 공덕을 입어 여러 가지 특혜를 받는 후손들처럼.

공직을 수행하면서 한 푼의 금품이라도 '이 정도는 관행이다.', '남들도 다 받는데 나만 뭐 특별하다고.' 생각하며 거리낌 없이 받는다면, '부끄러움'을 잃어버린 공직자가 아닐까? 항상 '이게 아니지.', '이 몇 푼에 내 몸과 마음을 더럽힐 수는 없지.' 등 조금이라도 부끄러움을 느낀다면, 청렴한 공직자가 될 수 있지 않을까 한다. 그리고 금품을 주고받는 것만이 부정부패가 아니다. 가령 대학 교수가 경쟁력 강화를 위해 도입한 복수 강의제를 두려워한 나머지 학교 측에서 초빙한 외래교수에게 전화를 걸어 이런저런 이유로 출강하지 못하게 하는 행위 또는 일부 학생들을 사주하여 당국에 투서를 보내는 행위도 보이지 않는 부정 부패임을 깨달아야 할 것이다.

"부끄러움을 모르는 것, 그것이 가장 큰 부끄러움이다."

―『수필과비평』 2009 1·2월호

이름을 남기고 싶거든

"호랑이는 죽어서 가죽을 남기고, 사람은 죽어서 이름을 남긴다." 는 말이 있다. 짐승은 가죽이라도 남겨 세상에 이익을 주는데 하물며 사람은 더욱더 훌륭한 일을 하여 좋은 이름을 남겨야 한다는 가르침이다. 반드시 높은 지위와 명예를 얻어 그 이름을 길이 남기는 것만을 말하는 것이 아니라, 비록 평범한 사람이라도 그 나름대로 가치 있고 보람 있게 살아야 한다는 말일 것이다.

공공시설 여기저기에서 기관장들의 이름이 새겨진 흔적들을 적지 않게 발견할 수 있다. '대통령○○○', '○○○장관 ○○○', '○○청장 ○○○', '○○군수 ○○○', '○○경찰서장 ○○○', '국회의원 ○○○' 등이 각종 시설에서 사람들의 눈에 가장 잘 뜨이는 자리에 있는 ○○비, ○○탑 등에 새겨져 있다. 이름을 밝히지 않고 날짜와 '대통령', '○○○장관', '○○청장', '○○군수', '○○경찰서장'과 같이 직명만을 밝혀도 어떤 연유로 이런 비나 탑을 세웠는가를 알게 할 수 있다. 그런데도 굳이 이름 석 자를 새겨 넣은 이유를 분명히 설명하기 쉽지 않다. 나중에 기관장이 바뀌거나 그분이 아름다운 이름을 남기지 못하게 된 경우에는 그 돌조각이나 쇳조각들은 어떻게 되고 있는가? 후미진 구석에 방치되어 환경을 파괴하는 흉물 중에 하나가 되고 있는 실정이다.

　사람이 이름을 남겼다는 것은 후대에 모범이 될 만한 의미 있는 삶을 살았다는 것을 뜻한다. 아무리 후대에까지 이름이 남겨지더라도 좋지 않은 의미로 기억되고 있다면 이름을 남겼다고 할 수 없는 일이다. 가령 매국노 이완용 같은 사람은 얼마나 유명한가? 그러나 그를 보고 죽어서 이름을 남긴 사람이라고 할 수 있는가? 사람은 누구나 자기 이름을 남기기를 좋아하고 원하는 것 같다. 그래서 잘한 것도 없고 기억될 만한 일을 하지도 않은 사람들이 억지로 이름을 남기기 위해 죄 없는 돌조각이나 쇳조각에 이름을 새기고 아무에게도 도움이 되지 않는 책을 내기도 하며 애를 많이 쓴다. 그러나 아무리 여기저기에 이름 석 자를 새겨 놓아도 불미스러운 일로 공직을 마감하는 모습을 그를 존경하던 사람들에게 보여서는 그의 조작된 아름다운 이름은 한순간에 기억에서 사라져 버리고 만다.

　공직자로서의 의미 있는 삶이란 무엇인가를 생각해 본다. '자신이 맡은 소임이 무엇인가를 항상 분명히 알고 실천하고 있는가?', '자기 살 길 바쁘다는 핑계로 국민의 일에는 소홀하고 있지 않은가?', '지위가 오를수록 자신의 명예보다는 조직의 앞날을 위하여 한 알의 밀알이 되고자 노력하고 있는가?', '자신이 하는 일을 스스로 낮추거나 부끄러워하지 않고 떳떳하게 자식들에게 가업처럼 이어 가도록 권유할 수 있을 정도로 살아가고 있는가?' 이 가운데 하나라도 '그렇다'고 대답할 수 있다면 그는 의미 있는 공직자의 길을 걸고 있는 것일 것이다.

이름을 남긴다는 것은 돌이나 쇳조각이 아니라, 후대의 사람들 가슴속에 깊이 새겨 놓는 것이다. 토마스 캠벨은 "뒤에 남겨진 사람들의 가슴속에 살아 있다면 그는 결코 죽은 것이 아니다."라고 하였다. 이순신, 안중근, 김 구 등의 이름이 한낱 돌조각이나 쇳조각에만 남아 있는가 우리 민족의 가슴속에 새겨져 있는가? 재임 중에 자신의 근무지에 굳이 자신의 이름 석 자를 여기저기에 새겨 놓는 것은 진정 이름을 남기는 것이 아닐 것이다.

지금도 대학 캠퍼스 여기저기 나무들 밑에 식수한 사람들의 이름 석 자가 돌판에 새겨져 누워 있다. 그중에 나무를 심을 당시에는 명성이 자자했었으나 지금은 오명을 쓰고 악명을 남긴 인사들의 이름은 없을까? 순수한 나무들에게 더러운 이름표를 붙여 주지 말자. 통일이 된 다음에도 삼천리 금수강산 명승지 곳곳 바위에 깊이 새겨져 있는 김일성 일가의 이름이 여전히 남아 있게 될까를 생각하게 한다.

법 밑에서 법 모른다

우리 속담에 "법 밑에 법 모른다."는 말이 있다. 법을 제정하거나 집행하는 기관이 법을 가장 잘 지켜야 하는데 도리어 위법하는 수가 많다는 뜻이다. 이런 속담이 예로부터 사람들의 입에 오르내리게 된 까닭을 생각해 본다. 힘깨나 있는 기관에서 일하는 사람들이 현행법을 준수하지 않고 오히려 탈법·불법·무법 행위를 밥먹듯이 해 와서일까? 법을 잘 모르는 사람들이 공직에 앉아 있어서인가? 팔에 완장이라도 두르게 되면 으레 초법적 존재로 다른 사람들 위에 군림하려고 하는 우리의 국민성 때문인가?

우리는 '법과 원칙이 지켜지는 사회', '법치 질서'라는 말을 자주 되뇌고 있다. 그러나 법을 만들거나 집행하는 사람들이 법과 원칙을 철저히 따르지 않는다면, 이런 말은 허울 좋은 구호로 끝나기 쉽다.

작은 원칙부터 지키는 공직자의 처신

최근 미국 하원의 최다선 의원인 고령의 존 딩얼 의원이 공항에서 속옷차림이 될 때까지 보안 검색에 순순히 응한 사실이 화제가 되고 있다. 그는 금속탐지기의 신호음이 울리는 이유가 몸에 이식한 강철 고관절 때문이라는 것이 밝혀질 때까지, 신분을 밝히지도 호통 한번 치지도 않고 정해진 원칙을 당당히 지켰다. 다만 나중에 관계 장관에게 다른 사람들에게도 이런 방식으로 검색을 하는가를 알아봐 달라고 요청했을 뿐이다. 그런데 우리 사회에서는 불법 주차한 국회의원의 차를 단속하던 경찰관에게 국회의원이 직접 따귀를 올려붙였다는 보도가 있지 않았던가?

스스로 예외가 되려고 하는 공직 문화

관공서는 저마다 스스로 기관명 앞에 '국민의…', '국민을 위한…', '국민의 뜻에 따라…', '국민 편익을 우선하는…' 등의 수식어를 붙이기 예사이다. 그러나 과연 국민에게 스스로 약속한 것을 잘 지키고 있는지 의문이다.

일부 관공서 주차장은 긴급 공무 수행과는 별 관계없어 보이는 직원들의 차로 채워져 있고, 국민이 주차할 자리는 왜 그리 협소한가? 민의의 전당인 국회에 국회의원 전용 엘리베이터가 반드시 필요한가? 좁은 공간에서 국민과 함께 호흡하며 오르내리면 안 되는가? 각 기관에도 기관장 전용 엘리베이터나 전용 출입문이 따로 설치되어 있지나 않은지 궁금하다. 교통질서를 바로잡아야 할 임무를 맡은 공직자가, 교통 규칙을 무시하기 일쑤이고 심지어는 음주 운전을 서슴없이 하는 일은 없는가? 이런 물음에 '다 그럴 만한 사정이 있어서' 그럴 수밖에 없다는 변명을 늘어놓는 공직자가 있다면, 그는 스스로 자기는 예외라는 인식을 가지고 있는 것이 아닌가?

진정한 대민 서비스는 공직자가 솔선수범하여 법과 원칙을 지켜야 빛이 나는 것이 아닐까? 철저한 준법정신이 공직자의 '기본' 정신이 아닐까? 또 공직자가 먼저 '기본에 충실해야' 국민에게 신뢰받을 수 있지 않을까? 영국 속담에 "법을 만들거나 집행하는 사람은 절대로 법을 어기는 사람이 되어서는 안 된다."라고 한 것을 깊이 음미해 볼 만하다.

말과 행동이 다른 약속

어떤 기관장들은 취임사를 통하여 직원들과의 허심탄회한 대화를 하겠다고 쉽게 공약을 한다. '사무실을 언제나 개방해 놓겠다.', '문턱을 없애겠다.', '여러분과 호흡을 같이하겠다.'고 하면서. 그러나 그날부터 직원들은 그를 뵙기가 어렵다. 직원들과 통행로나 식사하는 장소가 다르거나, 공무에 너무 바빠서 직원들과 시간과 장소를 같이하기가 어렵거나, 외부 기관과의 협조할 일이 많아서이기 때문인가? 높은 자리에 오를수록 직원들과 고의로 멀리하기를 하는 것인가, 자리가 직원들과 멀어지게 하는 것인가? 어쩌다 구내식당에서 식사를 할 경우가 있다면, 기관장 고정석에 앉지 말고 직원들과 더불어 눈맞춤을 하면서 하면 어떨까? 그렇게 해서라도 스스로 한 약속을 지키면 어떨까?

걱정되는 준법 의식

몇 년 전의 조사에 따르면, 대상자의 30% 이상이 "우리 사회에서는 법대로만 하다가는 손해를 본다.", "우리나라에서는 질서를 지키는 사람이 더 손해를 본다."는 데 동의하고 있다. 대학생들 중 80% 이상이 "법을 지키지 않아도 성공할 수 있다."라는 부끄러운 준법정신을 지니고 있다.

 법을 만들거나 집행하는 사람들부터 먼저 법을 철저히 지켜야, 우리 사회의 느슨해진 준법정신이 다시 살아날 것이다. "그 몸을 바르게 하면 명령하지 않아도 아랫사람들이 스스로 행하게 되고, 그 몸이 바르지 않으면 아무리 명령을 내려도 스스로 따르지 않는다[其身正 不令而行 其身不正 雖令不從 기신정 불령이행 기신부정 수령부종]."는 논어의 한 구절을 새삼 떠올려 본다.

거짓말 공화국

우리는 어려서부터 거짓말을 해서는 안 된다고 늘 배워 왔다. 성경이나 불경 같은 경전에서도 '거짓말하지 말라!'는 꼭 지켜야 할 계율 중에 하나이다. 그러나 살다 보면 이런 가르침은 참으로 무모한 설교에 지나지 않는다는 것을 알게 된다. 한 번도 거짓말을 안 한 사람이 있을까? 아마 없을 것이다. 한 마디 거짓말도 하지 않고 살기란 여간 힘든 일이 아니다. 그래서 "사람들이 거짓말할 때마다 이가 하나씩 빠진다면, 이 세상에는 이가 성한 사람은 하나도 없을 것이다."라고 하지 않았던가.

사전에서는 거짓말을 '사실이 아닌 것을 사실인 것처럼 꾸며 하는 말'이라고 뜻풀이하고 있다. 그러나 이런 말만이 거짓말이 아니다. 우리는 진실을 잘못 전달하는 말도 거짓말이라고 한다. 비밀을 털어놓지 않는 말도 거짓말이라고 한다. 자신이 사실이기를 바라는 것을 사실처럼 전달하는 말도 거짓말이라고 한다. 진실이 너무나 빨리 변하기 때문에 진실이라고 전달한 말이 금방 거짓이 되어 버리는 말도 거짓말이라고 한다. 잘못 알고 있는 사실을 전달하는 말도 거짓말이라고 한다. 그리고 보면 우리는 입만 뻥끗하면 의도적이건 아니건 거짓말을 하게 되는 셈이다. 노처녀가 시집가기

싫다, 장사꾼이 밑지고 판다, 노인네가 빨리 죽어야 하겠다와 같은 말도 거짓말은 거짓말이지만, 불순한 의도가 보이지 않으므로 거짓말의 작은말인 '가짓말'이라고 표현하는 것이 좋을 듯하다.

  거짓말하는 사람이 많은 사회에 사는 사람들은 서로를 두려워하게 된다. 시퍼렇게 눈뜨고 있는데 언제 어디서 그 누군가가 '내 코를 베어 갈지' 모르기 때문이다. 이 지경이 되면 사회는 당연히 악으로 가득 찰 수밖에 없다. 우리 사회에 바로 이 비슷한 증세가 널리 퍼져 있다. 사회적으로 물의를 빚은 사건에 대한 청문회나 각종 수사기관의 조사에서 밝혀진 사실이 무엇이었던가를 우리는 잘 알고 있다. 사건에 연루된 보통 사람 이상의 인사들이 너나 할 것 없이 모두 거짓말을 천연덕스럽게 늘어놓는다는 사실이다. 심지어는 하나님을 섬긴다고 자처하는 사람조차도 성경에 손을 얹고 거짓말을 밥 먹듯이 하고 있다. 그러니 진짜 진실이 무엇인지를 밝히려면 하나님을 소환해야 할 판이라고 우리는 스스로 쓴웃음을 짓는다. 아니, 이 땅에서는 하나님도 소환당하면 거짓말을 할 것이라고 차디찬 웃음이 나온다. 급기야는 "거짓말 안 하고 사는 놈 있으면 어디 나와 보라고 해."라고 하며, 자기는 '거짓말 공화국'의 당당한 국민임을 선포하고 다니는 사람들이 날로 달로 늘어나고 있다.

  공직자의 한마디 거짓말은 엄청난 결과를 불러올 수 있다. 가령, 건축담당 일선 공무원이 자신이 집행한 공무의 결과에 대해서 책임을 회피하기 위해 거짓 보고를 하게 되면 자칫 그 결과는 아파트가 무너지거나 다리가 내려앉는 비극의 원인이 될 수도 있다. 그래서 "단 한 마리의 파리가 한 접시의 요리를 못 먹게 망치고 미세한 바이러스가 건강한 사람을 죽게 만들 듯, 한 마디의 거짓말만으로도 세계의 평화는 깨질 수 있다."고 하였다. 모든 죄악의 싹은 거짓말에서부터 돋아난다.

누구든 습관성 거짓말쟁이로 일단 낙인이 찍히게 되면 그가 아무리 진실을 말한다 해도 사람들이 믿어 주지 않는 양치기 소년 신세가 된다. 한번 추락한 신용을 다시 찾기 위해서는 몇 배의 노력이 필요하다. 과장된 말은 인플레 같고 약속을 실천하지 못하는 말은 부도수표와 같고, 의식적인 거짓말은 위조지폐와 같은 것이다. 그러므로 말은 신용이 있어야 하고 특히 공직자의 말은 보증수표와 같이 정확해야 한다. 거짓말은 감추면 감출수록 새끼를 친다. 이미 해 버린 거짓말을 계속 정당화하기 위해서는 또 거짓말을 해야 하기 때문이다. 그래서 "한 가지 거짓말을 참말처럼 만들기 위해서는 항상 스무 개의 거짓말을 지어내야 한다."고 하였다. 그러나 거짓말은 결국 꼬리가 잡히고 만다. 아무리 머리가 좋은 천재라 하더라도 거짓말을 계속 이어 맞출 수는 없기 때문이다. 거짓말 잘 하는 조직에 소속되어 있는 사람들은 자기도 모르게 노련한 '거짓말 제조기'가 되어야 살아남을 수 있게 된다.

우리는 곤란한 처지에 빠졌을 때 간단하게 벗어나가기 위해 거짓말을 한다. 다른 사람에게 욕을 당하지 않으려고 거짓말을 하기도 한다. 어떤 상대에게 연민의 정을 느꼈을 때 부득이 거짓말을 하기도 한다. 어느 때는 자기의 활발한 공상을 만족시키고자 하는 마음에서 거짓말을 한다. 그러나 부당하게 이익을 얻기 위해 남을 속이는 새빨갛거나 시커먼 거짓말은 신용을 추락시키고 사회까지 어지럽힌다.

이제 우리는 이런 범죄형 거짓말과 전쟁을 벌여야 한다. 이 싸움에서 승리하려면 먼저 거짓말쟁이가 유전되지 않도록 해야 한다. 아버지가 거짓말을 잘 하면 그 자식은 자기도 모르게 따라 배운다. 욕 잘하는 부모 밑에서 크는 아이가 욕을 잘한다. "그 공장에서 그 물건이 나온다." 하지 않던가? '습관성 거짓말쟁이' 부모에게서는 '후천성면역결핍성 거짓말쟁이' 자식이 나온다. 부모가 툭하면 욕을 해대고 거짓말을 하면서, 자식보고 욕하지 말라 거짓말하면 천벌을 받는다고 아무리 훈계한들 얼마나 먹혀들겠는가? 몸으로 행동으로 보여 주는 교육보다 더 좋은 산 교육이 또 있을까? 공직 사회에서도 마찬가지다. 거짓말 잘 하는 상사 밑에서 더욱 거짓말 잘하는 부하가 생기게 된다.

다음으로 어른들이 거짓말 퇴치를 위한 질기고 매서운 회초리를 들어야 한다. 미국 사람들은 정직한 사회에서 산다는 자부심을 갖고 있다. 그들은 거짓말에 매우 민감하다. 거짓말이 들통나면 무섭게 처벌하기 때문이다. 중산층 가정교육의 제1차 목표는 자녀들이 절대로 거짓말을 하지 않도록 가르치는 것이다. 미국 사람들이 정직한 것은 특별히 정직하게 태어나서가 아니라 철저한 가정교육과 강력한 법적 제재장치 덕분이다. 닉슨 대통령은 거짓말한 탓으로 국가원수의 자리에서 내려올 수밖에 없었다. 온갖 인종이 다 모여 사는 비빔밥 같은 합중국에서 거짓말이 제재를 받지 않는다면 그 나라는 모래알처럼 흩어져 버릴 것이다. 그런데 동방예의지국의 자손임을 자칭하는 우리는 어떠한가? 높은 자리에 있을수록 학력이 높을수록 더 거짓말의 명수들이 아니던가?

거짓말과의 전쟁에 이기는 법이 또 있다. 거짓말쟁이의 특성을 알고 있어야 한다. 진실을 말할 용기가 없는 사람들이 거짓말쟁이가 되기 쉽다. 딱 부러지게 말하지 못하고 애매하게 얼버무리는 사람이 거짓말쟁이다. 거짓말쟁이는 성을 잘 내고 쉽게 화를 낸다. 흥분도 잘 한다. 논리가 박약하기 때문이다. 거짓말을 잘 하는 사람들은 맹세나 다짐을 자주 한다. 가만히 있으면 정서적으로 불안해져 결의대회니 촉구대회 같은 것을 심심치 않게 연다. 우리는 누군가가 거짓말을 하고 있다고 의심이 가면 믿는 체하는 것이 좋다. 그러면 거짓말쟁이는 점점 더 대담해져서 훨씬 심한 거짓말을 하게 되고 결국에는 정체가 드러나게 된다.

한편, 절망에 빠져 있는 사람에게 용기를 주는 새하얀 거짓말은 장려해야 한다. 사람들은 대부분 남을 보호하기 위한 거짓말은 때로 필요하다고 생각한다. 특히 다른 사람의 감정을 보호해야 할 필요가 있을 때 그렇다. 우리는 다른 사람의 고통을 덜어주기 위해 거짓말을 하는 것은 도덕적인 일이라고 생각한다. 사실 가정이나 직장에서 사랑받는 이들은 알고 보면 새빨간 거짓말은 못하지만 새하얀 거짓말을 능수능란하게 하는 사람들이다.

공무를 수행하다 보면 국익을 위해 거짓말을 해야 할 경우도 있다. 중요한 정책을 맡고 있는 공무원은 직무상 알게 된 비밀을 유지하기 위하여 불가피하게 거짓말을 할 수밖에 없다. 예를 들어 금리, 환율, 증시대책 등을 담당하는 공직자들은 침묵하거나 공무상 거짓말을 해야 한다. 그렇지 못하고 비밀이 새어 나가면 커다란 국가 위기가 초래된다. 환율절하 정보가 새어 나갈 경우에는 달러 사재기 때문에 외환시장이 마비될 것이다. 금리변동 정보가 새면 금융시장이 마비된다. 이 과정에서 정보를 미리 빼낸 사람들이 일확천금을 얻게 되어 불로소득을 조장한 결과가 될 수도 있다. 이 때문에 모든 국가의 정부는 이러한 국가기밀은 끝까지 숨기고 있다가 결정적인 깜짝쇼를 연출하는 것이다.

미국 워싱턴 시 경찰당국은 수배자 3천여 명에게 점심식사를 무료 제공하고 축구경기 무료 입장권을 주겠다는 초청장을 발부했다. 그리고 이를 미끼로 컨벤션 센터에 나온 1백여 명을 체포한 적이 있다. 경찰의 수사상 거짓말이다. 그러나 함정수사 같은 공무상 거짓말도 국민의 기본권과 국가이익을 해칠 경우에는 그 정당성을 인정받지 못한다. 국가이익과 기본권 사이에 충돌이 있을 경우 어떤 선을 기준으로 할 것인지는 아직도 연구와 논란의 대상이 되고 있다.

사람들은 의도적이건 아니건 거짓말을 하며 살아간다. 거짓말을 하지 않는 가장 좋은 방법은 침묵을 하고 있거나, 확실하지 않은 것에 대한 질문을 받으면 그저 '모르겠다.'고 하는 것이다. 그러나 항상 '모르겠다.'는 말만 연발하며 살 수는 없다. 여러 가지 종류의 거짓말 중에 가장 질이 나쁜 거짓말은 반쯤 진실이 담긴 거짓말이다. 이런 거짓말은 남에게 들키지 않으면, 그 거짓말이 참말처럼 되어 말한 사람 자체도 믿게 된다. 자신이 한 말이 거짓인지 참인지 판별할 능력이 마비된 공직자, 어른, 선생님들이 판을 치게 되면, 우리는 아마 영원히 거짓말 공화국의 오명을 씻을 수 없을는지 모른다. 제발 새빨간 거짓말을 하지도 말고 시키면 거짓말에 속지도 말자. 그리고 그런 거짓말을 하는 사람을 절대로 용서하지 말자. 무슨 수를 써서라도.

칭찬의 고품격 문화

가만히 생각해 보자. 평소에 남의 잘한 점을 칭찬하거나 격려하기보다는 약점이나 결점을 찾아 헐뜯고 을러메고 깎아 내리려고 하지나 않았나.

우리 사회는 칭찬에 인색하다. 그러나 비난하고 비판하고 질책하는 데는 익숙하다. 그래서인지 요즈음 각종 매스컴에서 '칭찬합시다' 캠페인을 벌여 '칭찬 릴레이', 하루에 세 번 이상 칭찬하자는 '3찬', 꼬리에 꼬리를 무는 칭찬을 하자는 '꼬꼬칭' 등이 유행하고 있다.

칭찬은 훌륭한 리더십

칭찬은 좋은 점을 잘 한다고 추어 주는 것이다. 사람은 잔소리를 들으며 일하는 것보다 칭찬을 들으며 일하기를 좋아한다. 끊임없이 칭찬을 해 주고 격려를 해 준다면 능력이 가장 잘 발휘된다. 상사로부터 야단을 맞는 것만큼 인간의 향상성을 가로막는 것은 없다. 능력은 비난 속에 시들고 말지만, 격려 가운데서는 꽃을 피우는 법이다.

칭찬은 인간관계의 보약

  칭찬을 아끼지 않으면 원만한 인간관계를 유지하고 생활의 활력을 얻는다. 상대에 대한 기대 수준을 한 차원 높이 두고 불가능한 점을 지적하고 있는 동안은 그 사람의 장점이 보이지 않는 법이다. 상대방이 가지고 있는 장점을 찾아 일단 입 밖으로 내보내면 지향하는 방향이 확실해진다.

  칭찬은 받는 사람에게는 자신을 갖게 하고 의욕을 북돋워 그의 성장을 도울 수 있다. 칭찬하는 사람에게는 남의 장점이나 본받을 점을 보는 안목이 생기고 도량이 넓어진다.

  칭찬처럼 상대방을 격려하고, 인정해 주는 것만큼 그 사람과 가까워지는 것은 없다. 칭찬은 상대방에게 기쁨을 준다. 돈은 순간의 기쁨을 주지만 칭찬은 평생의 기쁨을 준다. 칭찬은 자신을 기쁘게 하고 상대방을 행복하게 하여 공동의 승리를 안겨 준다. 칭찬에 인색하지 않고 칭찬을 효과적으로 잘할 줄 아는 사람은 남에게서 사랑과 존경을 받는다. 운동선수는 응원 소리에 힘을 되찾고 사람은 칭찬을 들으며 자신감을 갖는다. "고슴도치도 제 새끼 함함하다면 좋아한다."는 속담이 있듯이, 사람은 별로 칭찬을 받지 못할 것도 칭찬만 하여 주면 좋아한다. 우리는 누구나 잘못을 저지르기 쉽다. 아홉 가지의 잘못을 찾아 꾸짖는 것보다는 단 한 가지의 잘한 일을 발견하여 칭찬해 주는 것이 그 사람을 올바르게 인도하는 데 큰 힘이 될 수 있다.

  칭찬은 부정적이고 소극적인 마음을 긍정적이고 적극적인 사고로 바꿔 준다. 내가 말한 한마디 칭찬이 의식개혁의 시작이다. 칭찬을 주고받다 보면 네가 내가 되고 내가 네가 되어 모두가 하나가 된다. 칭찬하는 데는 비용이 들지 않는다. 그러나 큰 비용으로는 해결할 수 없었던 부분까지도 해 준다. 칭찬은 사랑하는 마음의 결정체이고, 비난은 원망하는 마음의 결정체이다. 한 방울의 꿀은 많은 벌을 끌어모으지만, 1만 톤의 가시는 벌을 모을 수 없다. 칭찬만큼 인간관계에 좋은 보약은 없다.

칭찬은 고품격 조직문화 형성의 지름길

칭찬을 습관화하면 시너지 효과를 거둘 수 있다. 어느 회사의 대표는 아침에 출근할 때마다 주머니에 동전 다섯 개를 넣고 나온다. 직원들을 한 번 칭찬할 때마다 동전 하나를 다른 쪽 주머니로 옮기기 위해서다. 처음에는 어색하고 힘들었지만 몇 주 안 되어 동전을 옮기는 일이 익숙해지자 그의 입에서 버릇처럼 칭찬의 말이 흘러나왔다. 회사의 사장에게 인정받았다는 느낌을 가진 직원들은 전보다 더욱 열심히 일했고 회사 분위기도 활기차게 변했다.

칭찬은 조직의 고품격 문화를 형성하는 지름길이다. 꽃꽂이, 바둑, 배드민턴, 스포츠 댄스 등 동호회 활동도 필요하지만, 한 마디 칭찬하기 운동을 적극적으로 전개하는 것이 더욱 조직을 활성화하는 길이 될 것이다. 칭찬은 조직내 인적자원의 시너지 효과를 일으키는 효율적인 투자이며, 인간 중심 조직 문화의 시작이다. 칭찬은 직장 분위기를 신바람나게 일할 수 있게 하고, 조직의 기를 살리는 고농축 비타민이다. 칭찬을 하면 칭찬받는 사람은 반드시 칭찬 들을 일을 한다.

칭찬거리 열심히 찾아보기

칭찬에 익숙해지려면, 우선 상대방에게서 칭찬거리를 찾는 노력이 필요하다. 마음에 들지 않는 사람, 까다로운 사람에게도 마음의 문을 열고 보면 칭찬거리를 찾을 수 있다.

우선 사소한 일이라도 인정하며 칭찬한다. 아무리 작은 일을 했더라도 그것을 칭찬받으면 사람들은 즐거워하는 법이다. 큰일에 대해서만 칭찬하려고 하면 칭찬할 가치는 그만큼 줄어들게 마련이다. 칭찬에 인색하게 되는 것은 사소한 장점을 무시하기 때문이다. 남들이 보지 못하는 사소한 장점들을 찾아 칭찬을 해 줄 때 의외의 효과가 나타난다.

당연한 일이라도 칭찬한다. 당연한 일이지만 그것을 제대로 하지 못하는 사람이 적지 않다. 기본적인 것을 확실히 할 수 있는 사람이야말로 훌륭한 사람이다.

열심히 한 사실이나 그 과정을 칭찬한다. 결과적으로 실패한 때에도 그 과정을 칭찬한다. 결과를 칭찬하는 것보다 과정을 칭찬하는 것이 더욱 좋다. 당사자 주변의 인물을 칭찬한다. 자존심은 자신의 능력이나 외모뿐 아니라 자신이 속한 집단이 가치 있다고 여겨질 때에도 고양된다. "내가 데리고 있던 직원 중에 자네와 동기생이 있는데 참 호감이 가는 친구야."라는 말을 듣는 사람이라면 자신이 칭찬을 받지 않았음에도 분명히 흐뭇해질 것이다. 본인도 모르고 있는 부분을 찾아 칭찬하면, 그 기쁨은 10배, 100배 증폭된다. 사람은 칭찬을 받으면 더 잘하려는 노력을 하게 된다. 더욱더 칭찬을 받고 싶은 마음이 10배의 힘을 만든다. 아무리 마음에 안 드는 사람이라도 칭찬거리를 찾다 보면 무수한 칭찬거리가 나타난다. 미운 사람일수록 칭찬을 해 주면 언젠가 나를 위해 큰일을 해 줄 것이다.

진심을 담은 칭찬하기

칭찬은 진심에서 우러나오는 것이어야 한다. 진심이 들어 있지 않은 칭찬은 상대방을 기쁘게 하기는커녕 불쾌하게 할 수도 있다. 건성으로 말하지 말고 상대방 마음에 닿도록 진실하게 칭찬한다. 무턱대고 칭찬하거나 어지럽게 비행기 태우는 것은 간혹 이성이나 아랫사람에게는 약간의 효과를 얻을 수 있을지 모르나 다른 이들에게는 별 효과가 없다. 덮어놓고 무턱대고 비행기만 태우는 칭찬을 어린이나 아랫사람에게 자주 남용하면 귀엽고 아끼는 이들을 '응석받이'로 만드는 결과를 낳을 수도 있다. 아랫사람에게는 오른손으로 벌하고 왼손으로 안아 주는 포용성과 엄격성이 필요하다.

속보이는 칭찬은 상대방에게 아무런 감동도 주지 못한다. 자칫 칭찬이 거짓말이나 아부로 오해받기 쉽다. 숨은 의도를 가지고 칭찬하면 역효과를 낳을 수도 있다. 추켜세우기 식의 지나친 칭찬은 평소에 하던 칭찬마저 그 진실성을 잃게 하므로 잘한 일에 대해서만 칭찬하는 것이 좋다.

구체적이고 간결하게 곧바로 칭찬하기

칭찬은 구체적으로 어떤 점이 훌륭한지 확실하게 한다. 모호한 칭찬은 자신이 무엇 때문에 칭찬받는지 알지 못하기 때문에 잘 받아들여지지 않는다. 구체적으로 칭찬을 해야만 상대방이 진정으로 자신을 알아준다고 여기게 된다. "자네는 괜찮은 사람이야."보다 "자네 기안문은 간결하고 설득력이 있어. 특히 이런 문장은…" 하고 구체적으로 칭찬하는 것이 훨씬 더 상대방을 감동시킨다. 단순히 "잘 했어요, 좋아요." 같은 모호한 칭찬은 형식적인 느낌을 주므로, "이 서류는 참 간결하고 설득력이 있군."이라는 식으로 구체적으로 말한다.

칭찬을 구체적으로 하는 것이 좋지만 너무 장황하면 효과가 적다. 비록 칭찬일지라도 말이 많아지면 사람을 짜증나게 할 수 있다. 그러므로 간결하고 진지하게 칭찬하는 것이 더 깊은 인상을 주며 기억에도 오래 남는다.

칭찬할 일이 생기면 그 자리에서 곧바로 칭찬하는 것이 좋다. 칭찬은 타이밍이 중요하다. 한참 지나간 일을 가지고 재활용해 칭찬해서는 효과가 적다. 상대방은 멋쩍은 웃음으로 답하게 될 뿐일 것이다.

꾸중은 사적으로 칭찬은 공적으로

누구나 칭찬받으면 기분이 좋아지고 자랑하고 싶어 하는 심리가 있으므로 여러 사람 앞에서 칭찬하면 효과가 더욱 커진다. 또한 당사자의 면전에서 직접 하는 것보다는 다른 사람을 통하여 간접적으로 칭찬하는 것이 효과적이다. 여러 사람 앞에서나 제3자에게 칭찬하는 것이 효과적이다. 사람들의 기본 심리 속에는 타인에게 자기를 자랑하고 싶어 하는 마음이 있다. 그러므로 남 앞에서 칭찬을 하거나 제3자에게 간접적으로 칭찬을 하여 본인에게 전달되게 하는 것은 칭찬의 효과를 두 배로 확대하는 일이 된다. 일이 잘못되면 밑의 직원들을 탓하거나 꾸중을 공개적으로 하는 수가 있다. 그렇게 함으로써 윗자리에 있는 자기는 허물이 없다는 인상을 과시하려는 행동일 것이다. 부하를 사랑하고 그들의 사기를 앙양하는 효과적인 상사는 부하들의 잘못을 지적할 때 사적으로 하고 칭찬할 때에는 공적으로 한다.

자기 자신부터 칭찬하기

자기 자신을 칭찬할 줄 아는 사람이라야 남을 칭찬할 줄 안다. 자기 자신이나 자기가 속해 있는 조직을 스스로 낮추어서는 남을 칭찬할 자격을 스스로 잃게 된다. 자신과 조직에 애정을 가져야 한다. 내가 종사하는 직업과 내가 근무하는 직장의 장점을 찾아 다른 사람들에게 떳떳하게 내세울 수 있는 칭찬거리를 찾자. 특히 영향력 있는 자리에 앉아 있는 상사들은 되도록 꾸중보다는 칭찬에 인색하지 말자. 아랫사람들은 꾸짖음은 포식하고 있지만 칭찬에는 굶주리고 있다.

칭찬에 걸맞은 지원 필요

칭찬은 말의 잔치로 끝나서는 효과가 없다. 칭찬에 걸맞은 보상이 따라야 칭찬받는 사람은 더욱 힘이 난다. 칭찬을 받을 만한 공이 있는 사람에게는 꼭 상을 주고, 벌을 줄 만한 사람에게는 꼭 벌을 주어, 상벌을 규정대로 공정하고 엄중하게 하면 신상필벌의 애매성은 사라질 것이다.

다음과 같은 말을 칭찬할 때 활용하면 도움이 될 것이다.

"역시 자네가 최고야.", "이번 일, 자네 덕분에 잘 끝났어.", "괜찮아, 실수할 수도 있지.", "자네를 믿네.", "자넨 참 인간적이야.", "참 잘하는구만!", "정말 멋있어 보인다.", "잘 참아 냈어. 아주 훌륭해!", "일하는 모습이 진지하군.", "좋은 생각이야!", "잘 알고 있군. 바로 그거야!", "역시 자네밖에 없어!", "고맙네. 도움이 될 것 같아.", "자네라면 더 어려운 일도 해낼 수 있어.", "언제나 열심히 몰두하는 자세가 좋군.", "초보인데도 상당히 잘 하는군.", "나이에 비해 젊어 보이십니다.", "사진보다 실물이 더 멋지네요.", "모든 사람이 자네를 본받아야 한다고 생각해."

'친절'이 개혁의 열쇠

어느 경찰관이 명예롭게 퇴임하면서 후배들에게 다음과 같은 알찬 충고를 남겼다.

"제가 30여 년간의 경찰 생활을 하면서 느낀 경찰의 가장 큰 단점은 '불친절'이요, 업무 수행을 하는 데 가장 좋은 무기는 '친절'이라는 것을 깨달았습니다. 친절을 실천하는 것은 쉬운 것도 아니고 어려운 것도 아닙니다. 쉬운 것을 실천하지 못하는 사람은 어리석은 사람이요, 어려운 것이라고 실천하지 않는 사람은 비굴한 사람입니다. 후배 여러분은 오늘부터 더욱 직장에서나 가정에서나 24시간 친절을 생활화하여 실천해 나가는 경찰관이 될 것을 부탁합니다."

어느 경찰청장은 취임사에서 다음과 같이 호소한 바 있다.

"국민은 원하고 있습니다. 강·절도 한두 건 더 잡는 것도 중요하지만, '친절한 경찰', '함께하는 경찰'을 원하고 있습니다. 이제는 국민의 마음속에 자리 잡고 있는 무섭고 권위적인 경찰의 모습을 지우고 친근하고 사랑받는 경찰로 한 걸음 더 다가서야 합니다."

여기에서 우리는 과연 '친절이란 무엇인가?'를 다시 한 번 곱씹어 볼 필요가 있다. '친절'의 사전적 정의는 '대하는 태도가 매우 정답고 고분고분한 것'이다. '정답다'는 '정이 있어 따뜻하다.'는 뜻이다. '고분고분하다'는 '공손하고 부드럽다.'는 의미다. '공손하다'는 '예의가 바르고 겸손하다.'는 뜻이다. 따라서 '친절한 경찰'이란 '국민을 따뜻한 정으로 예의 바르고 겸손하게 대하는 경찰'이라고 말할 수 있다.

　친절은 베푸는 사람이 상대방에 대한 '마음쓰기'에 달려 있다. 친절은 남을 향한 순수한 배려에서 비롯되는 것이다. 친절을 실천하는 데는 특별한 몸짓이 필요하지 않다. 친절을 베푸는 데는 돈 한 푼도 필요 없다. 그저 날마다 만나는 이들에게 행복과 기쁨을 주고자 하는 마음먹기에 달려 있다.

　친절은 마음속에서 자연스럽게 흘러나오는 것이다. 외부의 압력이나 강요로 마지못해하는 것이 아니다. 친절은 의무를 수행하듯이 베푼다거나 죄책감에서 억지로 끌어낸다거나 두려움에서 뽑아낼 수 있는 것이 아니다. 왜냐하면 의무감과 죄책감과 두려움에서 나오는 것은 마음을 공허하게 만들고 따분하게 할 뿐이기 때문이다. 도가 지나친 친절이나 뻔히 저의가 보이는 친절은 우리를 강하게 하지 않고 도리어 약하게 한다. 친절은 베푸는 사람이 '할 수 있는 일'을 '할 수 있을 때' '할 수 있는 자리'에서 '할 수 있는 만큼' 무리 없이 하면 되는 것이다.

　친절은 습관으로 굳어져야 참된 가치를 발휘할 수 있다. 하루에 한 번 이상 매일 꾸준히 실천할 때 습관으로 굳어질 수 있다. 친절을 베풀고자 마음먹으면 주저하지 말고 즉시 실천하여야 몸에 익는다. 상대방을 친절하게 대하려는 생각은 친절한 말로 나타난다.

친절한 말은 친절한 행동으로 나타난다. 친절한 행동은 친절한 습관으로 발전한다. 친절한 습관은 친절한 성격으로 굳어진다.

친절은 말이나 행동으로만 표현되는 것이 아니다. 물론 친절한 말과 행동은 상대방에게 가장 손쉽게 베풀 수 있는 선물이다. 말에서 나오는 친절은 신뢰를 낳고 생각에서 나오는 친절은 심오함을 낳으며 느낌에서 오는 친절은 사랑을 낳는다. 그러나 친절은 침묵으로도 표현할 수 있다. 가장 기억에 오래 남는 친절은 오히려 '말 없는 친절', '요란하지 않은 친절'이다. 친절은 베푸는 사람의 마음 속 깊은 곳에서 우러나오기 때문에 입 밖으로 나오지 않아도 심금을 울린다.

친절한 행동은 아무리 하찮은 것이라도 결코 헛되지 않는다. 작은 친절이라도 베풀고 나면 우리의 마음은 한없이 기쁘게 할 것이다. 우리 모두 저마다 마음에는 밝은 태양을 떠올리고 얼굴에는 맑은 미소를 띠고 입술로는 따스한 말을 습관을 들이자. 오늘은 누구에게 무슨 좋은 일을 할까 하는 밝은 생각을 하면서 하루를 시작하자. '친절은 맹인도 볼 수 있고 벙어리도 말할 수 있게 하고 귀머거리도 들을 수 있는 위대한 언어'라고 했다.

친절은 어떤 보상을 전제로 하지 않는다. 친절은 대가나 보답을 바라지 않는다. 어떠한 부대조건 없이 주는 것이다. 남에게 한 가지 친절한 일을 해 주고 은근히 채권자와 같은 마음으로 그 보상을 기다리는 것은 무엇보다도 내 마음의 평안을 위해 좋지 않다. 또 그러한 친절은 상품과 같은 것이 되어 버린다. 친절은 어디까지나 순수해야 한다. 그 속에 아무런 목적도 들어 있어서는 안 된다. 친절 그 자체가 목적이어야 한다. 친절한 태도로 사람들을 흐뭇하게 해 준다면 그 흐뭇함이 우리에게 다시 돌아온다. 가끔 이자까지 붙어서 되돌아온다. 친절은 마음의 흐름이다. 억지로 실행하는 것이 아니다. 친절을 실천하는 까닭은 우리가 그렇게 하고 싶기 때문이지 어떤 형태로든 보답을 받을 수 있기 때문은 아니다. 우리가 베푸는 친절은 친절로 끝나야 한다. 우리는 친절을 베풀면서 무슨 생각을 하는가? 보답이나 인정을 바라는가? 스스로 기쁨을 맛보기 위한 것인가? 아니면 그 일이 필요하기 때문인가? 아무 조건 없이 친절을 베풀면 우리는 좋은 일을 했다는 만족감과 마음의 평화뿐 아니라 우리가 마땅히 있어야 할 자리에 서 있게 되었다는 뿌듯함을 느끼게 해 준다.

친절은 받는 사람을 기쁘게 한다. 친절행위는 작거나 크거나 크기에 관계없이 베푸는 사람보다 받는 사람에게 훨씬 큰 의미를 갖는다. 베푸는 쪽에서는 대수롭지 않은 일이지만, 받는 쪽에서는 한없이 고맙고 뜻밖의 기쁨을 맛보는 경우가 있다. 우리가 베푸는 수많은 작은 친절들은 다른 사람의 눈에는 정말 기적이 될 수도 있다.

친절을 베푸는 데는 차별이 있어서는 안 된다. 자기와 이해관계가 있을 때만 남에게 친절해서는 어리석거나 음흉한 사람이 된다. 슬기로운 사람은 이해관계를 떠나서 누구에게나 친절하게 대한다. 왜냐 하면 친절한 마음 자체가 나에게 따스한 체온이 되는 까닭이다. 친절은 받을 만한 사람만 받을 수 있다는 것은 착각이다. 친절 받을 자격이 없다고 생각하는 사람에게도 기꺼이 베풂으로써 그들도 모두 한 가족으로 만들 수 있는 것이다. 상대방을 깔보아서는 친절이 생기기 어렵다. 친절은 이러한 마음속의 잡초를 뽑아내야 자랄 수 있는 것이다.

친절은 가까이 있는 사람에게 먼저 베풀어야 한다. 잘 알지도 못하는 사람들한테는 이해심 많고 친절하면서 더없이 사랑해야 할 내 부모, 내 자식, 내 부하, 내 상사, 내 조직에게는 친절 따위는 안중에도 없어서는 안 된다. 자신과 가까운 이들에게 친절할 때 이웃에게도 친절할 수 있다. 스스로를 보살펴야만 남들도 보살필 수 있기 때문이다. 남에게 친절하다는 말 한 마디를 듣기 위해서 자기와 가까이 있는 사람에게는 불친절해도 된다는 생각을 무의식중에라도 하게 되면, 진정한 친절은 빛을 잃는다.

친절은 변화의 촉매제이다. 친절을 베풀면 자신도 모르게 자부심을 지니게 된다. 남에게 친절하다는 것은 자신의 인품을 닦는 길이다. 친절행위는 베푸는 사람 자신을 변화시킬 뿐만 아니라 세상까지도 변화시킨다. 친절은 이 사회를 바람직한 방향으로 이끄는 거대한 윤리적인 힘이다. 친절은 인생이라는 기계에 기름이 떨어지지 않고 원활히 돌아가게 하는데 쓰이는 최소한의 예의다. 친절은 사회의 햇볕이며 그 속에서 미덕이 자란다.

친절은 누구에게나 유익하기만 할 뿐 해악을 끼치는 일은 없다. 친절은 세상 어디에서나 통하는 언어다. 친절은 우리 모두가 이 세상을 함께 여행하는 동반자라는 믿음을 표현하는 통로이다. 친절은 모든 장벽을 무너뜨리고 모든 경계선을 건너뛴다. 친절이 많이 행해지면 행해질수록 우리가 살고 있는 사회의 정서적 분위기가 바뀐다.

우리가 베푸는 작은 친절은 연못 한가운데 던진 조약돌처럼 긍정적인 변화의 잔물결을 일으킬 수 있다. 오늘의 우리 경찰은 무조건 '친절광親切狂'이 되어야 한다. "친절은 친절을 낳는다."는 진리를 되새기면서. 그래야 개혁의 육중한 문을 쉽게 열 수 있을 것이다.

가장 행복한 사람

프랑스의 철학자 알랭Allen은 그의 저서 「행복론」에서 가장 행복한 사람은 '파리 경찰서장'이라고 했다. 그 까닭은 매일매일 예기치 않게 일어나는 각종 사건들을 처리해야 하고, 그 사건을 처리하고 나면 시민을 위해 일하였다는 뿌듯함을 느낄 수 있기 때문이라는 것이다. 곧 날마다 '새로운' 일에 접하고 그 일로 누군가에게 '베풀었다'는 느낌을 지니고 살아가노라면 행복을 누릴 수 있다는 것이다.

자기 일의 새로움과 베풂을 생각하는 사람

사실, 일거리가 전혀 없거나 항상 똑같은 일만 되풀이하게 되면 지겹다. 그러나 형편상 같은 일을 되풀이할 수밖에 없는 경우라도, 그 일을 대하는 마음의 자세가 늘 새로우면 몸과 마음에 리듬이 생겨 쾌적한 느낌을 맛볼 수 있다. 또 일을 열심히 하고 나면 보람이 생기게 되어 역시 일종의 정복감 같은 것을 느낄 수 있다. 더구나 특정한 일을 마쳤을 때의 쾌감은 일이 주는 행복감의 절정이라고 하지 않을 수 없다.

퇴출되었거나 명예 퇴직한 친구들을 만나면 솔직한 속내를 보인다. 현직에 있을 때는 실컷 잠이나 자 보았으면 마음껏 여행이나 다녀 보았으면 했는데, 몇 년 빈둥거리다 보니 경제적 여유만으로는 살기 힘들다는 것이다. 봉급은 얼마 안 되어도 좋으니 일거리나 있었으면 하는 것 같다. 또 힘께나 있을 때는 심심치 않게 사람들이 찾아왔는데, 이젠 찾아오는 사람도 없고 찾아갈 사람도 없어 외롭고 쓸쓸하고 허무하기까지 하다는 것이다. 그래서 다른 사람들과 더불어 살며 무엇인가 베풀고 싶다는 것이다.

'일거리가 있고', '그 일을 늘 새로운 자세로 수행하고', '그 일을 함으로써 남에게 무엇인가 베풀 수 있으면', 그것이 바로 행복인 것이다. 그래서 철학자 알랭은 경찰서장을 가장 행복한 사람이라고 말한 것 같다.

자기 일에 보람을 느끼는 사람

일에 대한 태도가 행복에 영향을 준다고 한다. 자기는 '일의 노예'라며 스스로 비웃는 사람들을 자주 본다. 일이 많아서 일의 노예가 되는 것이 아니다. 일을 바라보는 관점, 일을 처리하는 자기 스스로의 태도가 그 사람을 노예로 만든다. 윗사람이 시키는 일만 하는 사람, 윗사람이 시키는 대로만 하는 사람, 일하는 방식을 새롭게 해 볼 생각을 하지 않고 늘 '그저 대과없이', '전과 동', '관례에 따라' 등을 소신인 양 떠버리는 사람, 하는 일을 언제나 지겹게 느끼는 사람, 이들이 어찌 재미와 보람을 느낄 수 있을까? 그 사람을 부리는 주인은 자기 자신이 아니라 사실상 일 자체인 것이다.

그러나 윗사람이 일을 시키기 전에 스스로 일을 하는 사람, 숨어 있는 일까지 찾아서 일을 하는 사람, 이런 사람은 자기 자신이 일의 주인이 된다. 나아가 필요한 일을 만들어 내고, 더 새로운 방식을 찾기 위해 연구하고, 그 분야의 전문가가 되어 일하는 사람이라면 어떠하겠는가? 일하는 태도, 일 속에서 누리는 보람과 재미가 행복을 만들어 준다. 행복은 자기가 하는 일에 보람을 느끼는 일이다. 즐거움과 행복이 딴 데 있는 것이 아니다. 자기 삶의 보람을 갖기 위해 노력하는 그 과정 자체에 있다고 굳게 믿어야 할 것이다.

긍정적인 안경을 끼고 있는 사람

행복은 자기 자신의 마음에 달린 문제이다. 사람은 저마다 마음의 안경을 쓰고 인생을 바라본다. 안경의 빛깔이 검고 흐린 사람도 있고 맑고 깨끗한 사람도 있다. 검은 안경을 쓰고 인생을 바라보느냐, 푸른 안경을 쓰고 인생을 내다보느냐 그것은 마음에 달린 문제이다. 불평의 안경을 쓰고 인생을 내다보면 보고 듣고 경험하는 것이 모두 불평 투성이요, 감사의 안경을 쓰고 세상을 바라보면 인생에서 축복하고 싶은 것이 한없이 많을 것이다. 똑같은 달을 바라보면서도 바라보는 사람의 마음에 따라서 슬프게도 정답게도 허무하게도 느껴진다. 행복의 문제도 마찬가지이다.

행복을 누리려면 자격이 있어야 한다. 행복은 모든 사람이 바라는 바이다. 행복한 삶을 원하거든 먼저 생의 보람을 찾아야 한다. 보람 있는 생을 살 때, 꽃에 향기가 짝하듯이 행복이 저절로 따른다. 행복한 것도 중요하지만 그보다 더 중요한 것은 행복을 누리기에 합당한 사람이 되는 것이다. 행복을 직접 목적으로 삼지 말고 행복을 누릴 자격이 있는 행동을 하고, 또 그러한 인간이 되어야 한다. 행복에 개의하지 않고 보람 있는 인생을 살려고 애쓰고 또 인생의 보람을 위해서 정성스럽게 일하노라면 뜻밖에 행복이 미소를 지으며 찾아올 것이다.

　보람! 이것이 행복의 중요한 열쇠가 아닐까? 행복을 추구하는 것도 중요하지만 행복을 누릴 자격이 있는 사람이 되는 일이 더욱 중요하다. 행복은 자기의 분수를 알고 그것을 보람으로 여기는 것이다. 기업인도 정치인도 교직자도 아닌 경찰로서의 알맞은 분수는 무엇일까?

지금의 자기에 만족할 줄 아는 사람

　행복은 자기 안에 있다고 한다. 행복을 자기 자신 이외의 것에서 발견하려고 바라는 사람은 그릇된 사람이다. 현재의 생활 또는 미래의 생활 그 어느 것에서나, 자기 자신 이외의 것에서 행복을 얻으려는 사람은 그릇된 사람이다. 불행을 겁낼 때 이미 스스로 불행한 사람이 된다. '잘해 보겠다고 노력하는 그 이상으로 잘 사는 방법은 없으며, 그리고 실제로 잘 되어 간다고 느끼는 그 이상으로 큰 만족은 없다.' 행복이란 자기 속에서 자라나는 것이지 남의 뜰에서 따오는 것은 아니다.

　행복은 가지고 싶은 것을 가진다든가, 되고 싶은 것이 된다든가, 하고 싶은 것을 하는 데서 오지 않는다. '지금 가지고 있는 것', '지금의 자기 자신', '지금 하고 있는 것'들을 스스로 좋아하게 되면서 생겨나는 것이다. 자신의 행복을 생각하는 사람은 사는 목적, 일하는 목적이 분명하다. 자신의 행복을 잊어버린 사람은 사는 목적, 일하는 목적이 분명하지 않다. 자신의 행복을 존중하는 사람만이 남의 행복도 존중해 줄 수 있다.

행복은 스스로 행복하다고 느껴야 맛볼 수 있는 것이다. 아무리 돈이 많고 명성이 높고 좋은 가정을 갖고 재능이 뛰어났다고 하더라도, 그 사람이 스스로 행복하다고 느끼지 않는다면 어떻게 할 도리가 없는 것이다. 돈, 건강, 가정, 명성, 쾌락 등은 얼마든지 행복할 수 있는 조건을 가지면서도 불행한 사람, 그와 반대로 행복할 수 있는 조건은 별로 갖추지 못하면서도 사실상 행복한 사람을 우리는 세상에서 가끔 본다. 전자의 불행은 어디서 유래하며, 후자의 비결은 어디에 있을까?

'맞섬'보다는 '더불어' 사는 사람

매사에 전투적이고 사생결단식의 인생관을 지니고 살아가는 직장인이 적지 않다. 그들에게는 윗사람이란 출세를 위한 신앙 같은 존재이고 아랫사람이란 그의 목표 달성을 위한 부속품에 불과하다. 그들은 이 세상에 일이나 성공 말고 더 소중한 것은 없다고 믿는다. 그런데다가 난폭한 성격, 일그러진 인격까지 드러낸다면 문제는 심각하다. 이러한 사람이 조직의 리더가 되면 직원들의 삶은 물론이고 그들의 가정까지도 죽게 된다. 퇴근이 없는 사람, 가정이 없는 사람, 조직의 일 말고는 더 소중한 것이 없다고 믿는 사람이 과연 좋은 리더인가?

요즘 미국의 기업에서는 이런 리더를 '못된 리더'라 낙인찍고 있다고 한다. 미국 기업에는 못된 리더가 6명에 1명 꼴로 숨어 있다고 한다. 그래서 나온 것이 '엔진 리더십' 이론이다. 이 이론은 조직의 리더를 자동차의 엔진으로 본다. 좋은 엔진이 많아야 조직이 잘 되는 것은 분명한 이치이다. 그러려면 고장 난 엔진, 불량 엔진을 빨리 찾아서 좋은 엔진으로 갈아 끼워야 한다는 것이다. 오늘도 '못된 리더'로 말미암아 불필요한 고통을 당하는 직원들이 없지 않을 것이다. 리더만 변하면 인생이 행복해질 것 같다고 생각하는 직원은 없을까? 일부 못된 리더 때문에 속으로 황폐해 가는 조직은 없을까?

존경하고 싶은 훌륭한 인품을 지니고 삶의 목표가 뚜렷하고 삶의 가치를 분별할 줄 알아서 직원들에게 인생의 진정한 행복을 가르쳐 주는 리더! 그런 리더와 함께 동료, 후배가 서로 아끼며 살아가는 조직에서 일하는 사람은 행복한 보람이다. 리더의 자리에 있는 사람들은 곰곰이 생각해 볼 필요가 있다. "나는 직원들에게 어떠한 리더인가?"

그 누군가가 출근길에 "당신은 왜 직장에 나가오?"라고 묻는다면, 어떤 대답을 하게 될까? '목구멍이 포도청이라', '죽지 못해서', '할 줄 아는 게 이것뿐이라' 등과 같이 운운하며 하루하루를 살아가서야 행복감을 느낄 수 있을까? "하루를 걸작으로 만들어라 Make a day masterpiece."를 되새기면서 삶의 질을 누려 보자.

욕설과 상소리의 심리

남의 인격을 무시하거나 남을 저주할 목적으로 내뱉는 말을 욕설이라고 한다. 이런 천하고 속된 말을 상소리 또는 비속어라고도 한다. 우리 사회에는 상스러운 말과 욕설들이 어지럽게 오가고 있다. 특히 청소년들의 일상어는 대부분 상소리와 욕설로 물들어 있다. '골 때린다, 왔다다, 썰렁하다, 쪽팔린다, 방방 뜬다, 해골 굴리네, 끝내주네, 딱지 떼다' 등과 같은 말을 무의식적으로 사용한다. 텔레비전의 뉴스 화면을 보면 고매한 선량들까지도 버젓이 이런 천박한 말들을 해대는 장면이 드물지 않게 나타난다. 말은 의사소통 이상의 구실을 한다. 곧 말하는 사람은 말하는 행위를 통해서 듣는 사람에게 의사를 전달할 뿐더러 마음속에 품었던 응어리를 푸는 정화작용을 하기도 한다.

비속어는 상스러운 의식의 반영

비속한 말이 어떤 조직·사회·계층에 통용되기까지에는 언어 이전의 동기가 있다. 그 동기란 바로 사회심층적인 것이다. 말은 그것을 사용하는 사람들의 의식이 비속하거나 그들이 처한 환경이

열악하면 비속화된다. 저질적인 사고방식이 저속한 말씨를 퍼뜨리고 그것이 역작용으로 행동을 부채질하고, 그러고도 양심에 아무런 거리낌 없게 되면 말은 점차 품위를 잃어 갈 수밖에 없는 것이다. 그러므로 단지 비속한 말을 두고 '쓰지 못하게' 하는 데만 관심을 기울인다면 진정한 문제 해결을 외면하게 되는 결과를 가져온다.

비속한 말은 사회적 병리에서 온 집단적 보상행위의 하나로 파악될 수 있다. 다른 건전한 대안도 없이 비속어의 사용을 봉쇄한다는 것은 사태를 더욱 심각하게 할 것이다. 비속어는 정신적 배설행위로 나타난 것이다. 배설행위를 막는 것이 생체에 대하여 무엇을 의미하는가를 생각해 보면 비속어를 물리적으로 못 쓰게 하는 것만이 결코 능사가 아님은 너무나 자명하다. 사회가 밝고 정의가 서 있지 않으면 고운말 쓰기를 아무리 강조하더라도 실효를 거두기가 어렵다. 상스러운 말의 사용 문제는 결코 '말'만의 것은 아니다. 조직이나 사회가 비속하고 천한 방향으로 흘러가고 있기 때문이다.

감정적 말투는 시비의 발단

사람은 누구나 말을 통해 기쁨, 즐거움, 노여움, 슬픔, 미움, 두려움, 놀람 등을 나타낼 수 있다. 이런 말의 기능은 개인적인 측면에서 상황에 어울리게 자신의 감정과 태도를 분명히 드러낼 수 있다는 점에서는 효과적일는지 모르나, 공적인 측면에서는 듣는 사람에게 심리적 불안감을 주어 시비의 발단이 될 수 있다. 감정이 절제되지 않은 말은 듣는 사람이 이성을 잃고 불안해하거나 격분해서 말하는 사람이 전달되는 내용을 정확히 파악하지 못할 가능성이 있다. 욕설, 거칠고 비속한 말, 퉁명스러운 말투 등은 그 말하고 있는 내용이 합리적이지 못하거나 근거가 박약하다는 것을 의미한다. 그러므로 감정이 개재된 말을 하는 사람 자신은 격앙된 감정을 배설하는 심적 정화감을 일시적으로 맛볼 수는 있을지 모르나, 듣는 사람에게는 필연코 항의를 받거나 스스로의 품위를 손상하게 된다.

욕설은 상대방에게 마음의 상처를 주는 일

이 세상에 가장 '힘찬 말'로 시와 욕설을 들 수 있다. 시는 긍정적으로 감정이 잘 걸러지고 의미가 압축된 아름다운 말이라고 한다면, 욕설은 부정적인 것으로 노골적이고 폭발적이며 야비한 말이다. 욕설은 격앙된 감정에서 조건반사적으로 내뱉는 힘찬 언어다. 심리적으로는 정신적 외부 자극에 대한 본능적 충동 또는 방위의 표출이다. 욕설은 어느 언어에나 다 있다. 좋아하고 싫어하는 심리와 남을 놀리고 비웃는 심리가 인간에게 있는 한 욕설이 없을 리 없다. 인간 생활에 화나고 분한 일이 없어지지 않고 불의의 인간이 없어지지 않는 한, 욕설이 없어질 리 없다. 그러므로 욕설 또한 부드러운 인간관계가 선행되지 않으면 사라지지 않는다. 욕설은 남의 인격을 무시하고 하는 모욕적인 말이다. 남을 저주하고 미워하거나 남의 명예를 더럽히고자 하는 의도에서 하는 말이다. 욕설은 신분의 높고 낮음이나 남녀노소를 막론하고 적절한 상황에서 습관적으로 자연스럽게 하게 되는 것이기도 하다. 화가 날 때, 싸울 때,

분할 때, 친근감을 표시할 때 습관적으로 스트레스를 해소하는 수단이 된다.

　욕설은 일정한 단어를 가리키는 것이 아니라, 사용자가 상대방에게 추잡하고 비루한 느낌을 주거나 모욕감을 갖게 하려는 의도에서 하는 말의 총칭이다. '새끼'라는 단어 자체는 욕설이 아니다. 이 단어를 힐책하는 어감으로 사용할 때 욕설이 된다. 같은 말이라도 야유조, 비아냥거리는 투로 사용하면 욕설이 될 수 있다. 욕설은 난폭한 행동 대신에 위기에 대처하는 안전판 구실도 한다. 욕설은 순수한 감정의 표현이다. 그래서 우리말에 욕설이 있는 것 자체를 부정시할 것은 아니다. 화나고 분한 감정을 욕설로 해소할 수 있는 것은 오히려 고마운 일이기도 하나, 욕설은 필요악이라고 해도 좋을 것이다. 그러나 욕설이 필요악이라고 해도 욕설을 권장할 것은 아니며, 화가 치밀어 오르더라도 참을 수 있는 것이 수양하는 길이 됨은 두말할 필요도 없는 것이다.

　우리말에서의 욕설은 사람의 목숨을 경시하는 살벌한 욕설이 많은 편이다. '죽음'이란 삶의 끝인데 살기 어린 욕설을 함부로 입에 담는 것이 예사로워진다면, 우리에게는 이로 말미암아 알게 모르게 생명 경시와 아울러 감정의 자제력, 억제력이 부족해지기 쉽다. 욕설 중에서도 '성'에 대한 욕설이 천박성이 강하다. 불쾌한 정도가 심할수록 혐오도 높은 욕설을 쓰게 되는 것은 자연스러운 현상이다. 욕설의 내용에 따라 혐오도가 달라지는 것도 당연한 일이다. 상대방에게 혐오의 감정을 깊게 하는 대표적인 방법은 거세고 된 발음을 하는 것이다. 다음으로는 성에 대한 욕설이나 특수 계층의 비속어를 쓰는 것 등이 혐오도를 높이는 방법이다. 욕설이란 본디 고상함이나 교양과는 거리가 먼 것이다. 악한 감정으로 흥분된 상태에서 내뱉게 되는 것이다. 그러므로 욕설을 할 때 바른 말이나 표준어를 써 주기를 기대할 수는 없다. 그 반대로 혐오도가 높은 욕설을 구사하려는 심리는 비표준어를 쓰게 되고 천박한 표현의 말을 골라 쓰게 된다. 욕설은 부정적인 면을 지니고 있지만 진솔한 감정의 표현이다. 그런 까닭에 욕설은 감정 전달이 용이한 말을 골라 쓰게 된다. 그러한 현상은 욕설에는 한자어보다 고유어가 많다는 점에서 잘 나타나 있다. 희로애락의 표현은 외래어인 한자어보다 우리의 정감이 어려 있는 고유어가 감정을 더 진솔하게 표현해 주기 때문이다. 이상으로 보건대, 비속어나 욕설은 한 사회의 의식을 표출하는 필연적 존재이다. 그러나 이런 말들이 인간성의 비속화와 사회의 비속화를 가져오는 독소임에는 틀림없다. 그것이 독소임을 인정하는 바에야 그 끊임없는 독소를 제거하려고 노력해야 할 것이다. 그것은 마치 사회 있는 곳에 범죄가 있어서 이를 다스려 마지않는 일과 같은 이치일 것이다.

삶이 거칠면 말투도 거칠어져

말이 어떻게 사람의 본질을 형성하는 데 이바지하느냐 하는 것은, 사람이 자기 말을 한번 하면 그 말에 구속되어 그 말대로 행동하려는 본능을 가진다는 점에서 찾아볼 수 있다. 물론 언어와 행동이 다를 때도 있기는 하지만 이는 보편적인 현상은 아니다. 그러므로 자기가 한 말이 어떤 말이냐 하는 것은 자기의 마음과 행동을 어느 쪽으로 이끌고 나아가느냐와 상관관계에 있다. 말은 자기본질 형성뿐 아니라 상대방의 본질 형성에 관계하고, 나아가서 말하는 사람과 듣는 사람의 심리적 상관관계를 이루어 나간다. 말하는 사람의 잘못 쓴 말은 듣는 사람에게 불쾌감, 소외감, 당황, 갈등, 정서의 파괴, 증오, 분열, 시비의 요인을 만들어 준다. 그리고 그 요인들은 말하는 사람의 심리적 불안감을 촉진하고 불건전한 생각을 조장함으로써 알지 못하는 사이에 생각의 본바탕에 불건전한 요소를 형성해 나가는 것이다.

오늘날 우리의 말씨가 거세고 거칠어 가는 것이 문제이다. 이런 현상은 단순히 발음 교육을 받지 못했기 때문에 생기는 개인적인 문제에 있는 것만이 아니라, 전 국민적인 생활 풍토와 민족 감정의 메마르고 거세진 결과로 볼 수 있다. 이처럼 말씨가 거세고 거칠어 가는 것은 우리 사회의 격렬상을 보이는 동시에 스스로의 마음을 자극하여 더 세게 더 되게 하는 쪽으로 몰고 가기도 한다. 또한 사회를 그쪽으로 촉진하는 무서운 괴력을 발휘하기도 한다. 쓸데없이 된소리나 거센소리로 발음을 하게 되면 점잖지 못하게 들린다. '간단하다[간딴하다], 거꾸로[꺼꾸로], 고가도로[고까도로], ○○[꽈], 구리다[쿠리다], 사랑[싸랑], 세련되다[쎄련되다], 소주[쏘주, 쐬주]' 등이 그 예다. 우리 조상의 슬기가 모아져 전해 오는 속담에 "말 한 마디로 천냥 빚을 갚는다."는 말이 있다. 이것은 말을 똑똑히 딱 떨어지게 잘해서 부채를 갚는다는 뜻만은 아니다. "'아'해 다르고 '어'해 다르다."고 하였듯이 그 표현을 얼마나 부드럽게 하느냐에 따라 듣는 사람이 기분이 좋아져서 빚을 안 갚아도 좋다고 나올 수도 있다는 뜻이다.

공적인 입장에서는 같은 말을 하더라도 듣는 사람의 감정을 상하게 하는 자극적인 말, 빈정대는 말 등을 삼가고 부드러운 말을 선택해야 할 것이다. 과격한 표현, 거친 표현, 감정이 절제되지 않은 표현, 욕설 등은 말하고 있는 내용이 합리적이지 못하거나 근거가 박약하다는 것을 뜻한다. 그러므로 공직자는 사회가 정화되기를 우두커니 기다리지만 말고 우선 말부터라도 부드럽고 나직하게 해야 할 것이다.

떳떳한 상 마땅한 벌

　연말이 되면 직장마다 직원들에게 표창이나 포상을 하는 행사를 의례적으로 치른다. 그런데 수상자들에게 축하 인사를 하면, '돌아가면서 받는 건데 뭘….'이라고 하며 겸손이라기보다는 다소 쑥스러운 태도를 취한다. 행사에 참석한 동료들은 겉으로는 박수를 치며 축하하는 듯하지만, 속으로는 '저 친구 손바닥을 잘 비벼서….', '배경이 든든해서….'라며 업무에 남다른 공적이 있어서보다는 별난 재주가 있어서 상을 받는 것이라고 쑥덕거리는 듯하다. 한편 평소에 업무를 수행하면서 결정적인 잘못을 저질러 처벌을 받게 되면, '나만 그랬나? 왜 나는 안 봐주는 거야', '재수 없어서 걸렸어', '비비는 재주가 없어서….', '상사에게 찍혀서 더럽게….'라며 한없이 섭섭하게 여기는 직원도 적지 않다.

상은 '받는' 것이 아니라 '주어지는' 것

　이런 분위기로 보면, 우리 사회에서 '상을 줄 만한 공이 있는 사람에게는 꼭 상을 주고, 벌을 줄 만한 죄가 있는 사람에게는 꼭 벌을 주는' 신상필벌信賞必罰의 원칙이 흔들리고 있는 것이 아닌가 한다. 왜 상을 받아도 반갑지 않고 벌을 받아도 진정 참회하지 않는 일이 흔히 벌어지고 있는가? 상벌을 규정대로 공정하고 엄정하게 하지 않고 있어서가 아닐까?

상과 벌은 조직의 큰 법규이다. 한 사람에게 상을 주어 직원들을 권장하고 한 사람에게 벌을 주어 직원들을 두려워하게 해야 기강이 서는 것이다. 따라서 상벌이 지극히 공평하고 지극히 밝지 않으면 그 중용을 잃어버려서 온 조직이 동요되기 쉬운 것이다. 특히 상이란 받는 것이 아니라 주어지는 것이어야 한다. 어찌된 풍토인지 우리네는 '주어지는 것'이 아니라 '받아야 하겠다' 하는 데에서 개운치 않은 시상의 뒷소문이 남는다.

상벌의 생명은 엄정함과 공정함

상과 벌로만 조직을 이끌어 가면, 더러는 겉으로 복종하는 체하지만 마음속으로 거짓을 품을 수도 있다. 그렇게 되면, 악한 일을 하지 않는 사람들은 그 위엄이 두려워서 하지 않는 것이고 선한 일을 하는 사람들은 상을 타기 위해서만 한다. 그러기에 겉으로만 따르는 체할 뿐이지 진정 마음의 복종은 하지 않는 것이다. 그러나 공적과 과오의 원인과 결과를 잘 따져 신상필벌을 한다면 진정 마음으로 복종하게 된다. 상과 벌이 직원 누구나 인정할 수 있는 기준에 따르지 않고 한 개인의 기쁨과 노여움에서 결정된다면, 상을 주어도 권장되지 못하고 벌준다고 해도 징계하지 못한다. 그러므로 승진이나 성과급은 공이 있는 사람을 대우하는 것이어야 하고, 채찍은 죄지은 자에게 가해져야 한다.

상과 벌의 요체는 엄정함과 공정성이다. 상을 타게 되는 이유를 아는 직원들은 최선을 다해야 할 때를 안다. 벌을 받아야 할 이유를 아는 직원들은 무엇을 해서는 안 된다는 것을 깨닫는다. 따라서 아무런 이유 없이 상을 줘서도 안 되고, 원칙 없이 즉흥적으로 여론 재판이나 마녀사냥 식으로 벌을 내려서도 안 된다. 아무 이유 없이 상을 주면 공익에 헌신하는 사람이 불만을 갖게 되고, 즉흥적으로 벌을 내리면 올곧은 사람이 한을 품게 된다.

또한 상벌에서 중요한 점은 분명한 기준을 세워 공평한 집행을 하는 것이다. 기준이 애매모호하거나, 사사로운 감정에 따르거나, 공적이 없는 사람에게 상을 주거나, 개인적 감정으로 공로가 있어도 상을 주지 않는 등의 방식으로 상벌을 시행하면 조직은 혼란에 빠진다.

상은 후하게 벌은 엄격하게

상은 후하게 줄수록 효과적이며 벌은 엄격할수록 효과적이다. 상은 후하고 확실하게 주어 직원들이 고맙게 여겨 신명나게 일하게 하고, 벌은 무겁고 엄하게 하여 직원들이 두렵게 여기게 하는 것이 가장 좋다. 상을 후하게 주면 바라던 일을 쉽게 이룰 수 있고, 벌을 무겁게 내리면 자포자기하기 쉽다.

상벌을 인사상 엄격하게 적용하면 바람직하지 못한 행동을 사전에 차단할 수 있다. 그러나 유감스럽게도 우리의 상벌체제가 아직도 지나치게 관대하게 되어 있다. 이젠 상벌 간의 차등을 확대함으로써 직원들의 근무 의욕을 자극할 필요가 있다. 따라서 앞으로는 합리적이고 공정한 근무평정의 기준과 평가에 기초하여 직원을 신상필벌하고 그 폭을 확대해 나가야 할 것이다.

탈만한 상 받아야 할 벌

상을 타고도 스스로 자랑하거나 동료들의 진정한 축하를 받기보다는 무엇인가 꺼림칙하다거나, 벌을 받고도 억울하다고 목을 곧추세우는 풍토가 용납된다면 조직의 대들보가 흔들리게 된다. 직원들 모두가 진심으로 축하해 줄 수 있는 상, 모두가 마땅히 받아야 할 처벌이라고 공인할 수 있는 벌을 주자. 상을 사기 진작 차원이라는 명목 아래 연례행사로 주지 말자. 벌 받을 일이 없는 데 연례행사처럼 처벌하지 않는 것과 같이 상을 받을 만한 사람이 없으면 주지 말자. 꼭 상 받을 공적이 있을 때는 언제라도 주자. 그래야 상의 가치가 높아질 것이다.

"상벌의 공정성을 잃은 지도자는 발톱과 이빨을 버린 호랑이와 같아서 뜻대로 움직일 수 없다."

사라져 가는 예의

　여러 대학에서 강의 평가제를 실시한 뒤 적지 않은 걱정거리가 생겼다. 그 발단은 강의 과목의 특성이나 수강 학생 수, 교육 목표 등을 신중히 고려하지 않고 불분명한 몇 개의 항목을 익명으로 평가하는 데에서 시작되었다. 평가의 잣대가 애매모호하다 보니 교수의 '강의'보다는 교수의 '교육적인 언행'이나 과목의 '학문적 속성'을 평가하는 지경에 이르렀다. 학생들의 문화적 감각에 편승하지 못하는 교수, 학점이 후하지 않은 교수, 수강생이 많은 학급을 담당한 교수, 복잡하고 까다로운 과목을 가르치는 교수, 대학 교육 목표에 익숙하지 못한 저학년 담당 교수, 잔소리⑺를 많이 하는 교수 등은 좀처럼 후한 점수를 얻기 어렵게 되었다. 그런데 더 큰 문제는 학생들이 이름을 밝히지 않고 강의를 평가하는 데 있다. 교수에 대한 개인적 불만은 물론 학교 당국에 대한 불평, 심지어는 학문 자체에 대한 분노 등을 적나라하게 털어놓는 것이다. 이러다가는 대학 강의의 충실을 기하려고 한 강의 평가제가 스승과 제자 사이의 관계를 서먹하게 하거나 적대적으로 만드는 '익명의 횡포'를 부리고 '최소한의 예의조차 무너뜨리는 제도'가 될는지도 모른다고 걱정하는 소리가 요란하다.

자연의 질서에 따라 '더불어' 살아가는 원리

　뜻있는 사람들은 오늘의 우리 사회에 존경받는 상사는 없고 복종만을 강요하는 상전만 있을 뿐이고, 발전 가능성 있는 부하는 없고 무사안일한 직원만 있을 뿐이고, 원만한 존장尊長은 없고 연장자라는 이유만으로 노회를 부리는 어른만 있을 뿐이고, 진정한 스승은 없고 지식 전달의 선생만 있을 뿐이라고 한탄하고 있다. 이는 상사와 부하, 어른과 아이, 스승과 제자 사이에 최소한 지켜야 할 예의가 사라져 가고 있다는 염려일 것이다.

　예의는 자연의 질서에서 비롯된 인간의 행위 규범으로 마땅히 지켜야 할 도리이다. 이는 사람 사이에 차례를 정하고 행동에 절도를 확립함으로써 질서를 이루게 해 준다. 그것은 인위적으로 시작된 것이 아니라 자연의 질서를 따르는 데에서 자연적으로 나타나는 것이므로 그 본질이 변할 수 없는 타당성을 근본적으로 가지고 있다. 예의는 사회적·문화적 존재로서의 인간 생활에 필요한 질서이다. 사람은 혼자서 살 수 없다. 남과 더불어 살아가야 하는 존재이다. 남과 더불어 함께 살려면 인간관계에서 위와 아래의 수직적 위계와 앞과 뒤의 수평적 순서가 필요하다. 이러한 순서는 특정인이 자신의 편리에 따라 정하는 것이 아니라 더불어 함께 살아가는 사람들이 약속해서 정하는 것이다. 이 위계 순서의 질서가 다름 아닌 예의이다. 질서가 있을 때 그 사회는 평화롭고 사회 구성원들은 상호 존중의 미덕을 발휘할 수 있다.

타인을 존중하고 자신을 억제하는 마음

예의는 타인을 존중하는 마음이다. 따라서 모든 덕의 출발점이자 관문이다. 공자가 "사람으로서 어진 마음이 없다면 예는 차려 무엇 할 것인가."라고 지적한 것은 바로 이런 점을 말한 것이다. 예의란 서로 자신을 조금 억제하고 상대방에게 맞추려고 하는 분별과 양식 있는 행위이다. 예의는 자신을 억제하는 마음에서 시작된다. "대대로 사람이 사람다운 것은 예의가 있기 때문이다, 예의의 시초는 얼굴과 몸을 바르게 하고 낯빛을 온화하게 하며, 말소리를 순하게 하는 데에 있다. 얼굴과 몸이 바르고 낯빛이 온화하여 말소리가 순한 뒤에야 예의가 갖추어진다."라고 한 것은 예의가 자신을 억제하는 마음을 필요조건으로 하고 있다는 것을 말해 준다.

얼굴은 마음의 표상이다. 절제된 마음이 얼굴에 드러날 때 예의는 시작된다. 이런 점에서 자신을 극복하지 않고서는 진정한 예의에 이를 수 없다. "자기를 극복하고 예로 돌아감이 곧 인仁이니, 하루 자기를 극복하고 예로 돌아가면 천하가 다 인으로 돌아가게 마련이다."라고 한 것은 예의 성취를 위한 극기의 중요성을 말한 것이다. 우리는 극기하지 못하여 그동안 쌓아 왔던 자신의 공을 하루 아침에 허물어뜨려 버린 경우를 일상에서 경험할 수 있다. 감정이 격화되어 말을 함부로 하거나, 사소한 이익 앞에서 자신만을 생각한 채 행동하는 것 등은 모두 극기하지 못함으로써 예에 이르지 못한 경우에 속한다. 또한 아무리 학식이 풍부한 사람이라 하더라도 이를 예로써 다스리지 않는다면 교만에 이르게 되므로, 예의는 자신을 극복하게 해 줌으로써 사람들로 하여금 제 길로 들어서게 해 주는 역할을 한다. 그래서 "글을 널리 배우고 예로써 단속한다면 가히 도道에 어긋나지 않을 것이다."라고 하였다. 선인들이 아동들에게 "인간의 성품은 물과 같다. 물이 한번 엎질러지면 주워 담을 수 없는 것처럼 인간의 성품도 한번 마음속에서 놓여지게 되면 돌이키기 어렵다. 둑으로 물을 제어하듯이, 인간의 성품을 제어하는 것은 반드시 예법으로 한다."라고 강조한 것도 같은 맥락에서 해석된다.

성공적인 직장 생활의 방편

　예절은 삶의 모든 현장에서 두루 중요한 구실을 하고 성공적인 직장 생활을 위해서도 매우 중요하다. 많은 사람을 만나는 직장 생활을 만족스럽게 수행하기 위해서는 빗나간 말과 행동이 타인에게 상처를 주는 일이 없도록 해야 한다. 이를 위해 직장인들은 그 조직에서 요구되는 예의에 주의할 필요가 있는 것이다. 올바른 예절을 몸에 익혀 자신의 가치를 높이고 신뢰감을 줄 수 있는 태도의 변화로 원만한 대인 관계를 형성하는 중요한 초석이 된다. 예절은 올바른 대인 관계와 화목한 가정을 이루며 나아가 평화로운 사회를 이루는 밑거름이다. 사회생활의 초석이 되는 여러 가지 예절을 몸에 익히고 변화하는 이 시대에 적응하는 세련된 매너와 에티켓을 습득하여 원만한 사회생활의 도모와 신뢰받는 대인 관계를 이룰 수 있는 계기가 된다.
　예란 사회 구성원을 결속하고 일탈자를 경계하는 매우 효율적인 감시망이라 할 수 있다. 개인의 행동은 예라는 촘촘한 그물을 통과

해야만 사회적으로 용인될 수 있다. 예란 인간의 이기적 욕망을 경계하고 감시하는 부자유스러운 것이다. 그러나 야만적 투쟁을 지양하고 문화적 존재를 배양하기 위한 필수적인 훈련의 체계이기도 하다. 긴 시간에 걸친 예의 훈련 과정 없이는 인간의 내면 속에 군림하는 파괴 욕구를 경계할 수 없게 된다.

상호 존중의 표시

예의는 상호 존중의 표시이다. 예의는 위로만 향하는 것이 아니고 수평으로나 밑으로도 행하는 것이다. 조직의 직원 상호 간의 예절은 직장 분위기를 부드럽게 하고 업무 처리의 윤활유 같은 기능을 한다.

예의는 인간의 행동을 중용에 이르게 해 주는 절도節度이다. 흔히 예의를 모든 행위의 표준이라고 한다. 지나치게 공손한 것은 예의가 아니다. 그것은 비굴이다. 예는 절도를 넘지 말아야 한다. 이런 점을 공자는 "공손하면서 예가 없으면 고생스럽고, 신중하면서 예가 없으면 두려워지고, 용감하면서 예가 없으면 난폭해지고, 정직하면서 예가 없으면 각박해진다."고 하였다. 우리가 어떤 사람을 대할 때 어찌할 바를 모르고 당황하는 경우는 그 상황에 가장 적절한 행동이 무엇인지 잘 몰라서 그렇게 하는 경우가 많다. 예의는 주어진 상황에서 지나치지도 않고 부족하지도 않는 절도를 나타낸다. 그래서 예의에 밝은 사람은 행동이 자유스럽고 자연스럽다.

지금 이 시간에도 한 조직에서 단지 연장자라는 이유만으로 공인으로서의 젊은 상사를 존중하지 않고 무례하게 대하는 구성원은 없는지, 단지 높은 자리에 앉아 있다는 이유만으로 나이나 성별을 불문하고 아랫사람들을 함부로 대하는 구성원은 없는지 생각해 볼 일이다. 곳곳에서 상호 간 지켜야 할 예의가 사라져 가는 듯한 상황이 안타깝다.

마음을 열어야 생각이 바뀐다

우리는 일상생활에서 어떤 대상을 두 개의 대립된 상황으로 나누고, 둘 중 한쪽을 택하고 다른 한쪽은 버리는 식으로 생각하는 경우가 있다. 이를테면 '흑' 아니면 '백', '긍정'이 아니면 '부정', '선' 아니면 '악', '여당'이 아니면 '야당', '전부All'가 아니면 '전무 Nothing' 등만으로 나누어 둘 중 하나를 선택할 뿐 중간적 존재는 인정하지 않는 것이다. 이런 사고방식을 '흑백논리' 또는 '쌍칼논법'이라고 한다.

다음 예와 같이 말하는 것은 이런 사고방식의 결과이다.

"이판사판이야.", "그 친구, 법 없이도 살 수 있는 사람이다", "넌 너고 난 나다.", "너 말고도 다른 사람 얼마든지 있어.", "절대로 용납할 수 없어.", "네가 사나 내가 사나 두고 보자.", "'모' 아니면 '도'야.", "죽어도 못하겠어." 등등

흑백논리는 분명히 끊임없는 변화에 따르는 사물의 다양성을 무시하고 있는 것이다. 이런 사고방식이 굳어 버린 사람은 감정적이고 극단적인 말이나 행동을 하는 일이 적지 않다. 자기 마음에 드는 사람은 입에 침이 마르도록 무조건 올려 세워 자기 살이라도 베어 줄 것처럼 말한다. "그 사람 최고야.", "후보 가운데 그 사람 빼

놓고 누가 있어." 따위와 같이 극단적으로 추켜세운다. 반면에 자기 마음에 들지 않는 사람은 당장이라도 없애 버릴 듯이 혹평한다. "최고 악질!", "인간 말자!" 따위로 깎아 내린다. 이런 극단적인 사고는 일상 언어생활에서 대화의 단절, 상호 비방, 설전 등의 극한 상황까지 몰고 가게 된다. 뿐만 아니라 그것은 다른 사람에게도 영향을 주어 사회적 화해 분위기를 깨뜨리는 결과를 빚게 된다. 만일에 이 세상에 두 개의 가치만이 있다면 법률적 상황에 대응하는 행위에는 '불법'과 '준법' 두 가지만이 있을 뿐일 것이다. 그렇게 생각하면 불법의 경우는 처벌 일변도일 뿐이다. 그러나 현행법의 경우에는 범인의 과실 경중이나 정상을 참작하여 그에 대응하는 형량을 적용하고 있다.

역사상 독재자들은 이런 흑백논리로 대중을 교묘하게 설득하였고 일부 사이비 종교인들도 이런 논리로 설법을 한 바 있다. 한편으로는 대중의 잠재적인 욕망에 호소하여 현실적인 불만에 불을 붙이고, 또 한편으로는 매력적인 목표를 내걸고 어떤 방향과 방법을 유도하여 온 것이다. '삶이냐 죽음이냐.', '빵이냐 자유냐.', '번영이냐 파멸이냐.', '먹느냐 먹히느냐.' 등의 흑백논리는 대중을 광적으로 부채질하고 선동하는데 이용된다. 대중의 정열이나 에너지를 단일한 적에게 집중시키는데 교묘히 쓰인다. 단순한 구호를 반복시킴으로써 대중의 골수까지 침투시키는 데 효과를 본다.

흑백논리에 길들여지면 '외눈박이'가 돼

흑백논리와는 다르게 다각적^{多角的} 사고방식은 대상을 여러 개의 상황으로 나누어 생각하는 것이다. 이를테면 어떤 대상을 '좋다'와 '나쁘다' 두 가지로만 나누는 대신에, '아주 좋다', '상당히 좋다', '약간 좋다', '약간 나쁘다', '상당히 나쁘다', '아주 나쁘다' 등의 정도 차이로 나누어 생각하는 것이다. 또는 두 가지를 절충해서 "어떤 점에서는 좋고", "어떤 점에서는 나쁘다"와 같이 평가하는 것이다. 이런 사고방식은 대상을 여러 각도에서 바라보고 여러 가지 척도를 가지고 재고 판단하게 한다. 흑백논리가 인생과 사물의 한 단면에 관심을 두고 생각하는 것이라면, 다각적 사고방식은 여러 면에 관심을 가지고 평가하는 것이다. 예컨대, 어떤 사람을 두고 흑백논리로 평가하면 "그 친구 좋아!" 아니면 "그 친구 나빠!"의 두 가지 가운데 한 가지로 처리되고 만다. 그러나 다각적 사고방식으로 평가한다면 "그 친구! 능력은 있는데 아랫사람에게 너무 고자세야. 그러나 심성은 그런대로 괜찮아." 곧 여러 각도에서 좋고 나쁜 점을 면밀히 살피고 판단하게 된다.

우리는 어떤 사람의 성질이나 행동을 평가할 때도 흑백논리보다는 다각적 사고로 판단하는 것이 바람직하다. 사람의 성질이나 행동은 여러 가지로 복합적인 면이 있다. 아무리 단순한 경우라도 우리가 겉으로 보고 생각하는 것으로는 다 알 수 없는 깊이가 있다. 예를 들어, 어떤 사람이 웃었다고 해 보자. 그 웃음은 어떻게 보면 단순한 행위에 불과하다. 그러나 그 웃는 태도와 웃는 사람의 의도에 따라 여러 가지로 해석될 수 있다. 단순히 습관적인 웃음, 비웃음, 호의적인 웃음, 어색함을 면하려는 웃음, 미안한 느낌을 나타내는 웃음 등으로 해석될 수가 있다. 한편, 그 웃음이 상대방에게 미치는 영향도 가지가지로 다를 수가 있다. 곧 받아들이는 사람의 감정이나 상황 등에 따라, 그 웃음은 얼마든지 미묘한 반응을 일으킬 수가 있다. 비웃음으로 받아들인 나머지 반발을 일으킬 수도 있고, 호의적으로 받아들여서 맺히고 막힌 것들이 사라질 수도 있겠고, 미안함을 나타내는 웃음으로 받아들여 용서를 하는 반응을 보일 수도 있다. 이렇게 웃음 하나만으로도 숱한 해석과 반응이 가능함을 볼 때 사람의 여러 성질이나 행동이 얼마나 복합적인 것인지를 짐작하고도 남음이 있다. 따라서 우리는 사람을 평가할 때 여러 각도에서 여러 면으로 살피고 다각적인 판단을 내리도록 힘써야 한다.

'Yes'냐? 'No'냐? 강요는 유치한 발상

사려가 깊은 사람, 온건한 사람, 경험이 풍부한 사람 또는 학식이나 교양이 있는 사람은 흑백논리를 피하고, 다각적 사고방식을 생활화하게 된다. 세상을 지나치게 단순하게 보는 것이 원시적이고 유치한 감정에 사로잡힌 발상임을 잘 알고 있기 때문이다. 세상은 그렇게 단순한 것이 아니기 때문에 흑백논리만으로는 해결되지 않는다는 것을 사려 깊은 사람들은 많은 경우에 체험하고 있는 것이다. 대체로 다각적 사고는 흑백논리와는 달리 부드럽고 원만한 삶을 이루는 바탕이 된다. 모든 문제를 다각도로 검토하여 상황에 알맞은 최선의 길을 찾기도 하며, 또 각가지 문제점들을 제기하여 종합적으로 조정하여 충돌과 파국을 미리 예방할 수 있기 때문이다. 한 예로 어떤 소년이 잘못을 저질렀을 때, 그 잘못한 점만을 크게 부각시켜서 비행소년으로 몰아붙여 꾸짖으면 그를 더욱 비뚤어진

길로 빠뜨릴 위험이 있다. 그러나 다음과 같이 그 소년의 단점 외에 장점을 들추어서 선도한다면 훨씬 효과적인 교육적 성과를 거둘 수 있다.

"너는 지금까지 이러이러한 점에서 퍽 일을 잘 처리했는데 이번에는 실수했구나."
"너는 유능하고 좋은 면이 많으니 앞으로 그런 장점을 살리도록 해."

모든 인간관계에서도 이런 점은 그 초석이 된다. 인간은 누구나 각기 다른 개성이 있다는 사실, 장점과 단점을 가지고 있고 또 그 정도의 차이가 있다는 점 등을 전제로 사귀는 다각적 사고방식은 늘 인간관계를 부드럽게 이끌어 나간다. 만일 그렇지 않고 개성을 무시하거나, 장점만을 바탕으로 사람을 사귀려 든다면 원만한 인간관계를 계속 유지하기가 힘들 것이다. 사람은 누구나 개성이 있고 단점 또한 드러나게 마련이기 때문이다. 우리말에 "고운 정 미운 정 다 들었다."라는 표현이 있는데, 이는 사람은 누구나 고운 데와 미운 데가 있다는 사실을 인정하고 오래 사귀어서 정이 들었다는 뜻이다. 오래 깊이 사귐은 서로 장단점을 인정하고 그것을 이해하고 극복하여 초월하는 경우에만 가능한 것이다.
다각적인 사고는 민주적인 사고방식의 바탕이 되기도 한다. 민주주의의 한 특징은 다수의 권익과 자유가 존중된다는 점이다. 다시 말해서 각 개인의 인권과 자유의사를 최대한도로 존중하려는 것이 민주주의의 기본 이념이다. 따라서 민주주의에서는 "이것 아니면 저것이다."라는 단순한 흑백논리를 배격한다. 소수의 의견이나 결정에 따라 획일적으로 밀고 나가는 전제주의와는 정반대의 사고방식이 민주주의의 특징인 것이다. 이런 점에서 민주주의에서는 각 개인의 자유로운 생각과 의사 발표를 통하여 되도록 광범위하고 다양한 의견을 모으고 조정하여 종합하려고 한다. 자유로운 의견의 교환과 토론을 통한 조정과 타협의 과정은 때로는 지루할 정도로 길게 끄는 수도 있다. 이런 방식은 어떻게 보면 한두 사람의 머리를 짜서 결정한 사항을 밀고 나가는 전제주의보다는 훨씬 느리고 비효율적일는지 모른다. 그러나 그 결과에서는 다르다. 다각적 사고의 경우에는 미리 여러 문제점이 제기되고 토의하는 과정에서 다수의 사람들을 충분히 이해하고 납득할 여지가 많다. 말하자면 '체'로 거르는 것처럼 여러 가지 불순물이나 불필요한 것들이 다 해소가 된다. 이와는 달리 흑백논리에 의한 결정에서는 몇 사람의 의견으로 너무나 졸속으로 결정되기 쉽기 때문에 사후에 여러 가지 문제점과 부작용이 나타나기 일쑤다. 그래서 전제주의적 방식에는 겉으로는 꼼짝 못하고 따라가는 경우가 있다 하더라도 늘 반항과 불만이 쌓여서 속으로 곪아 가는 일이 흔하다. 그리하여 그것은 일시에 터져서 참담한 비극으로 끝장을 보는 일이 많다.

우리는 일상 대화에서 다각적인 사고방식을 따라야 한다. 적어도 흑백논리에만 젖거나 습관화되는 일은 지양되어야 할 것이다. 우리는 경쟁사회에서 살고 있기 때문에 늘 승리에만 집착하기 쉽다. 상대방의 약점을 알고 찌르거나 이용하려고 하기도 하며 자기의 학식과 실력을 과시하여 어떤 의미에서든지 남에게 지지 않으려고 한다. 이런 의식은 입학시험, 취직시험, 승진 경쟁, 정치적 세력 경쟁 등 허다한 경쟁 속에서 자라오고 살아가는 우리 현대인에게 깊이 뿌리 박혀 있다. 그래서 어떤 문제가 제기되면 저마다 자기의 견해와 해결방법이 낫다고 주장하게 된다. 서로 지지 않으려고 열을 올리는 나머지 감정이 개입되기 시작하면 흑백논리가 난무하기에 이른다. 상대방은 무조건 그르고 자기는 무조건 옳다는 아집과 반박이 오고 가게 된다. 이런 토론은 아무리 오래 끌어도 생산성이 없다. 승리의 월계관은 하나뿐이니 서로 차지하려다가 아무도 그것을 올바로 가질 수가 없게 되고 만다. 이런 경우에 한 가지 효과적인 방법은 문제를 여러 면에서 분석하는 것이다.

속담에 "쥐나 도둑을 쫓을 때는 도망갈 구멍을 남겨 두라."는 말이 있다. 만일 도망갈 길을 완전 봉쇄하고 쫓다가는 최후 발악을 하는 쥐나 도둑에게 물릴 가능성이 있다. 마찬가지로 우리가 대화를 할 때도 다소의 도망갈 길을 남겨 놓고 말하는 것이 현명하다. 어떤 표현이든지 '전적으로', '절대적으로', '모두'와 같은 부사를 사용해서 확고한 단정을 하게 되면 반박이 나왔을 때 그 허점이 드러나고 만다. 그 명제를 '완전히' 증명할 길이 없기 때문이다. 우리가 흔히 '그건 좋은 점도 있지만', 또 '반대로 문제점이 없는 바는 아니지만'과 같은 전제를 말하는 것이 바로 다각적 사고에서 나온 발상이다. 우리는 늘 이런 다각적이고 온건한 사고와 표현을 습관화하는 수련이 필요하다.

바른 생각이 마음을 열어 줘

사람은 심리적으로 '세상에 대하여 더 많이 알고자 함'과 동시에

'세상으로부터 자신을 지키려고 한다. 특히 마음을 어지럽힐 만한 지식으로부터 자신을 지키려고 한다.'고 한다. 그런데 마음을 어지럽힐 만한 지식으로부터 자신을 지키려는 욕구가 강해지면 세상에 대한 호기심은 약해진다. 곧 사람은 가능한 한 지식에 대하여 마음을 열고 있으나 그것이 자기를 해롭게 한다고 생각될 경우에는 그 지식을 거부하고 선별하여 변경시키려 한다는 것이다. 다각적 사고는 우리에게 '열린 마음'을 가져다준다. '닫힌 마음'을 지니는 사람은 인생에 대하여 어떤 강박관념을 가지는 사람이라고 할 수 있다. 말하는 사람과 말의 내용 가운데 하나만이라도 마음에 안 들어도 다 거부하는 흑백논리에 사로잡혀 있는 사람이다.

  사람이 믿고 있는 바를 그 사람의 '신념체계'라고 하고, 믿지 않는 바를 '불신체계'라고 한다. 가령, 불교신자라면 불교 교리는 그 사람의 신념체계이고 다른 종교는 그 사람의 불신체계이다. 마음이 안정되고 진지한 사람이라면 자신의 신념체계를 받들 뿐 아니라, 불신체계에 관한 지식에 대해서도 마음을 열 것이다. 곧 불교신자이지만 다른 종교에 관한 지식도 받아들이게 된다는 것이다. 그렇게 함으로써 그는 자신이 믿지 않는 여러 가지 사상체계 사이의 차이점을 이해할 수가 있을 것이다. 이처럼 불신체계에 관해서도 마음을 연다는 것이 열린 마음을 갖는 증거가 된다. 그리고 이처럼 열린 마음을 갖는다는 것은 다각적 사고방식을 바탕으로 외부 세계를 보게 된다는 뜻이 된다. 그러나 늘 불안정하고 불안한 상태에 있는 사람은 자기 자신의 신념체계에만 필사적으로 집착하게 된다. 이런 사람은 현실 또는 가상되는 외부의 위협에 대하여 자신을 방어하기에 여념이 없게 된다. 그리하여 불신체계에 대한 지식을 받아들이려 하지 않는다. 자기가 믿지 않는 종교에 대해서는 도무지 알아보려고도 하지 않으며 또한 '우물 안 개구리'식으로 자기가 알지 못하는 다른 사상이나 사물에 대해서는 거들떠보려 하지도 않는다. 혹시 그것이 무슨 해독이라도 끼치지 않을까 하여 두려워하며 꺼리며 피하는 것이다. 우리 주위에서 이런 사람들을 가끔 본다. 자기가 믿고 알고 있는 것만을 최상의 것으로 여기고 남의 종교나 사상에 대해서는 거들떠보지도 않는 편협한 사람이 있다. 이런 사람들은 닫힌 마음을 가진 이들이며 그 원인은 흑백논리에 젖어 있기 때문이다. 다각적 사고방식을 지닌 사람은 세상에 대하여 열린 마음을 가지고 있어서 자기의 신념체계나 불신체계를 막론하고 여러 각도로 알아보고 자신의 정신세계를 넓히고 풍부하게 만든다. 이런 사람은 모든 면에서 안정된 상태에 있다. 반면에 흑백논리에 젖은 사람은 세계에 대하여 닫힌 마음을 지니고 있어서 자신의 신념체계 이외에는 마음을 돌릴 여유를 갖지 못한다. 이런 사람은 외부세계에 대하여 일종의 강박관념 또는 피해망상증을 가지고 있어서 늘 심리적 불안을 느끼며 산다.

　일상생활에서 이것 아니면 저것이라는 흑백논리를 벗어나 제3·제4의 것도 존재할 수 있다는 다각적 사고를 해야만 우리는 사물의 참모습을 바르게 이해할 수 있다. "그 친구 못 쓰겠어.", "그 녀석 싹수가 노래." 등과 같은 말은 평가착오일 수도 있고 말하는 사람 자신의 감정상태를 표시한 것에 지나지 않는 것이다. 그러므로 우리는 자신의 말은 절대적이라는 식의 폐쇄성을 버리고 "제가 보는 관점으로는…", "제 견해로는…", "제가 알아본 결과에 의하면…" 등의 말투로 시작하여 말하려는 내용의 가변성과 수정성의 여지를 남겨 두어야 한다. 또 "그 사람 참 부지런합니다."에서와 같이 "부지런하다, 착하다, 게으르다, 나쁘다." 등의 추상적으로 가치를 평가하는 말보다는 좀 더 구체적인 사례를 들어 "그 사람 지난번에 이러 이러한 일을 했고, 이번에는 이런 일을 했습니다."와 같이 말하는 것이 바람직할 것이다.

"검지 않으면 희다."는 식의 사고방식은 매우 편리하다. 그러나 흑이 아니라 해서 반드시 백일 수는 없는 것이다. 모든 것을 흑백으로만 가리려는 태도는 사물의 진면목을 이해하는데 오히려 방해가 될 뿐이다. 이 단순하고 치졸한 논리가 일반 대중은 물론 학자, 정치가, 예술가들의 머릿속까지 깊이 박혀 있다면 큰 문제가 아닐 수 없다. 그러므로 우리는 나만이 옳은 것이 아니라 남도 옳을 수 있다는 것을 인정하고 다각적인 사고 훈련을 쌓아야 한다. 그래야만 진정한 민주주의도 성장할 수 있고, 각 개인의 식견도 넓어지고 깊어지게 될 것이다. 우리의 일상 언어활동에는 이러한 흑백논리가 횡행하는 것을 볼 수 있다. 성현의 가르침도 이에 의한 것이 많다. "잘 되면 충신 안 되면 역적!", "좋은 일을 한 사람은 하늘이 복으로 갚고, 좋지 못한 일을 한 사람은 하늘이 화를 내린다."가 그 예이다. 상대방을 흑평하는 여야의 격돌, 반대를 위한 반대 등도 다 흑백논리의 함정에서 헤어나지 못하는 예이다. 말에 의한 가치판단은 사실을 보지 않고 전체를 하나로 묶어 '좋다', '나쁘다'로 해결해 버리는 조잡한 평가밖에 되지 않는다. 흑백논리의 폐해는 전면 긍정이나 전면 부정의 입장에서 사실을 관찰하면 당연히 발견할 수 있는 다각적인 면을 잃어버린다는 것에 있다. 사실에 입각해서 생각하면 가치 있는 면과 없는 면이 있다. 어쨌든 사실이 얼마나 다양한 양상을 가지고 있는지를 깨닫는 것이다. 사실을 하나하나 기술해서 사실에는 좋은 면도 있으면, 나쁜 면도 있다는 것을 솔직히 인정해야 한다. 이것이 다각적인 판단이다. 마음을 활짝 열고 사물을 다각적으로 보아야 생각의 깊이와 넓이가 더욱 확장된다.

9패

"나를 낳으신 분은 부모님이지만, 나를 알아주는 이는 내 친구 포숙아다[生我者父母 知我者 鮑叔牙]." 이 말을 남긴 사람은 '관중'이다. 그는 포숙아라는 친구와 어려울 때 두터운 우정을 쌓아 의리를 생명처럼 귀히 여긴 사람이다. 그래서 '친구 사이의 진정한 사귐'을 '관포지교管鮑之交'라고 한다. 관중은 기원전 7세기 중국 제나라 때의 탁월한 사상가이자 정치가로 알려져 있다. 그는 당시 지도자들에게 국가나 사회를 패망의 길로 몰고 가는 9가지 독소 조항 곧 9패九敗를 일러 준 바 있다. 2800년 전의 경고이지만 오늘의 우리에게도 가슴 섬뜩하게 하는 내용이다.

'이제 전쟁은 없다'는 망상

"무력을 잠재워도 된다는 주장이 높아지면, 아무리 험난한 요새라도 지킬 수 없다."고 하였다.

비전사상非戰思想이 득세하면 나라가 위험해진다는 것이다. 적과 맞붙어 수시로 젊은이들의 목숨을 주고받고 하면서도 평화 공존이라는 미명 아래 안보를 느슨히 하거나 흐리멍덩하게 한다면 그 나라의 앞길은 어둡다는 것이다.

누가 "이제 더 이상 전쟁은 없다.", "군비를 축소하자.", "양심적 병역거부도 인정하자.", "미국은 이 땅에서 떠나라."는 둥 진지하지 못한 언행을 하고 있는가. 6.25는 영화 속의 전쟁이 아니었다. 피비린내 나는 동족상잔의 비극이었다. '우리는 하나다'라는 깃발 뒤에 숨어 있던 얼굴은 어떤 모습이었는가. 영세중립국가가 군비를 강화하고 예비군 훈련을 철저히 하는 까닭이 무엇인지 생각해 볼 일이다.

맹목적인 박애주의

"남도 내 몸같이 사랑하라는 겸애兼愛사상이 득세하면, 병사들은 전쟁을 하지 않게 된다."고 하였다.

맹목적인 박애주의가 널리 퍼지면 나라가 위태로워진다는 것이다. 이 경고는 "원수까지도 사랑하라."는 묵자墨子의 견해를 비판한 것이지만, 무고한 부모형제를 죽이고 다치게 하고 갈라놓은 자들을 단지 한겨레라는 이유만으로 용서하고 사랑할 수 있는가. 잘못을 하고도 그 잘못을 사과하거나 인정하면 용서하는 것이 동양의 미덕이다. 그러나 잘못을 하고도 그것을 고치지 않으면 그것을 잘못이라고 이른다. 정신적·신체적으로 철저히 무장된 '냉동인간'들을 무조건 따뜻하게 감싸 주기만 해서는 결코 녹지 않을 것이다. 박애의 범위도 한계가 있어야 하는 것이 아닐까 한다.

수명 장수 사상과 개인주의와 패거리 의식

"온전히 목숨만 보존하려는 경향이 득세하면 도덕이 무너진다." 고 하였다.

국민들이 저마다 천수天壽만을 다하겠다고 무위자연無爲自然을 위주로 살아가기 위해 문물이나 예의법도의 구속을 벗어나야 한다는 주장이 늘어나면, 도덕, 굴욕, 염치도 모르고 비굴, 몰염치, 파렴치해진다는 것이다.

"사사로운 의견만 내세우고 자기 스스로만 존귀하게 여기면 윗사람의 뜻이 실행되지 않는다."고 하였다.

'내 주장만이 옳다.', '나만이 귀하다.'는 개인주의가 팽배하면 한 나라의 기둥인 어른들의 뜻이 계승 발전하지 못하고 사회 기강이 해이해진다는 것이다.

"패거리지어 편파적으로 언동하는 것이 판치면, 현명한 자와 어리석은 자의 구별이 불분명해진다."고 하였다.

혈연, 지연, 학교 동문, 군대 동기 등의 관계로 '우리가 남이가' 하며 끼리끼리만 해 먹는 사회나 조직이 된다면, 정말 유능한 자와 무능한 자를 구별할 수 없다는 것이다.

매관매직과 찰나적 향락주의

"물질, 돈 등으로 관직을 살 수 있다는 생각이 현실화된다면 관직의 권위는 아래로 떨어진다."고 하였다.

매관매직이 국사 교과서에나 나오는 역사적 병폐가 아니라, 현실

속에 존재하는 일일 경우 관직의 존엄한 권위가 떨어진다는 것은 자명한 일이 아닐까.

"유흥이나 향락주의가 번지면 도덕적으로 문란한 자들이 윗자리에 앉게 된다."고 하였다.

찰나적인 향락주의가 판을 치게 되면, 그런 풍조를 이용해 돈을 번 자들이나 잘 먹고 잘 마시고 잘 노는 자들 곧 도덕적 결격자들이 경제적으로 우위를 차지하고 또 그들이 정치에도 간여하여 본전을 뺄 생각을 갖게 되는 것이 아닐까.

청탁과 아첨 그리고 속임수

"청탁이나 뇌물로 윗자리에 오르겠다는 생각이 번지면 가치기준이나 법도가 바로 서지 않는다."고 하였다.

실력보다는 남의 후원이나 천거로 윗자리에 오르겠다는 생각이 번지면 그 조직의 가치 기준과 잣대가 바로 서지 않는다는 것이다.

"아첨하고 잘못을 둘러대면 승진할 수 있다는 여론이 떠돌면, 간교한 자들이 등용된다."고 하였다.

윗사람에게 아첨하거나 윗사람의 잘못을 잘한 양 꾸며 대거나 얼버무리면 승진했다는 여론이 떠돌면, 승진된 자는 이미 간교하고 배신을 잘하는 자로 낙인이 찍힌다. '상사에게 철저히 아첨하면 승진할 수 있다.', '실제로 그렇게 해서 승진한 친구들이 많다.', '그 친구, 상사의 잘못을 다 뒤집어쓰더니 승진했네.'라는 말이 암암리에 조직 내에 떠돌면, 그 조직은 곪아 가고 있는 것이 아닐까. '애초부터 내 주장은 없다. 윗분의 말씀이 곧 내 생각이다.'라고 당당하게 말하는 'Yes man'들만이 목에 힘을 주고 'No'라고 말할 수 있는 사람들은 주눅이 들 때, 그 조직의 속살이 알차게 될까.

관중의 '9패'는 오늘의 우리 사회에 아직도 남아 있다. 온갖 병을 치료할 신약들은 개발되는데 왜 아직도 이런 병폐는 뿌리 뽑히지 않을까. 고금동서의 역사적 에이즈AIDS인가.

한 송이 무궁화를 피우려면

여러분 우리 대학에 들어온 지 며칠 됐습니까? 여러분은 그동안 스스로 무엇이 달라졌습니까?

'교육', '배운다'는 것은 '행동의 변화behaviour change', '바람직한 행동의 변화'입니다. 지적 영역知的 領域, 정의적 영역情意的 領域, 운동 기능 영역運動技能 領域에서 변화하는 것을 말합니다. 지적 영역이란 모르던 것을 알게 되고 잘 모르던 것을 확실히 알게 되는 것입니다. '봉사奉仕'란 '받들고 살핀다'는 뜻이구나… 정의적 영역이란 느끼지 못하던 것을 느끼게 되는 것을 말합니다. 홀로 서기보다 더불어 살기가 효율적이구나… 운동기능 영역이란 못하던 것을 하게 되는 것을 말합니다. 100M를 20초에 뛰었는데 연습에 연습을 거듭하니 15초에 주파하게 되거나, 팔굽혀펴기 10회밖에 못했는데 23회나 할 수 있게 되었다든가….

신입생 적응 교육을 받고도 이렇다 할 행동의 변화가 없었다면 스스로 몸과 마음에 무엇이 달라졌는지를 점검해 보고, 이곳에서 4년 동안 공부하려면 어떻게 달라져야 하는가를 깊이 생각해 보도록 하십시오. 변화는 '스스로' 달라지는 것입니다. 누가 강제로 변화시키려고 해도 당사자가 변하지 않으면 안 되는 것입니다.

저는 여러분과 구면입니다. 혹시 고등학교 때 제 이름을 들어 본 분, 계십니까? 얼굴은 처음 대하지만 이미 여러 매체를 통해서 간접적으로 관계를 맺었습니다. 여러분과 저는 초등학교 때 배운 교과서 「말하기·듣기」의 공동 집필자로 간접적으로 만났습니다. 또 고등학생 때, 특히 인문계 학생들은 저와 다른 대학 교수님들이 함께 지은 고등학교 「작문」, 「화법」, 「독서」 교과서로 공부한 학생들과 인연이 있습니다.

여러분과 저는 여러 가지 공통점이 있어 친근감이 듭니다. 먼저 여러분이나 저나 '분명한 목표 의식'을 가지고 대학을 선택했습니다. 저는 고등학교 때, 어떤 친구들은 성적에 따라, 부모님이 못 이룬 꿈을 대신 이루어 주려고, 부모님의 반 강요에 따라, 취직 잘 되느냐의 여부에 따라, 모교의 명예를 위해, 줏대 없이 이 길로 갈까 저 길로 갈까 헤매고 따지고 있을 때 앞으로 나의 미래와 나라를 위해 가장 '보람 있고', '해야 할 일이 많은' 분야가 '교직의 길'이라고 판단하고 국립대학교에 입학했습니다. 국가와 국민의 지원을 받으며 4년간 거의 무료로 공부하고 그에 대한 보답으로 고등학교 교사로 일정 기간 의무 근무를 하다가 여기까지 왔습니다. 여러분도 분명한 목표 의식을 지니고 나라와 국민에게 '봉사'하는 길을 선택했다고 생각합니다. 혹시 아직도 목표 의식이 막연하신 분이 있으면 이 길을 내 생애 '가장 보람된 길'로 만들겠다고 굳게 다져 보세요. 목표가 흐리멍덩하면 그것을 향해 가는 길은 험난합니다.

여러분은 대학생입니다. 경찰대학생입니다. 대학인이며 지성인이며 예비 경찰지도자입니다. 여러분의 지금의 심정은? 그저 '몇 달 쉬었으면 좋겠다, 다 귀찮다.' 이런 생각을 하고 있다면, 그 생각은 마지막 학년까지도 청산되지 않을 수도 있습니다. '나는 왜 지금 이 자리에 앉아 있게 되었는가?' '앞으로 무엇을 어떻게 하려는가?' 우리는 어떤 시점에서 잠깐 자신의 위치를 바로 알고 분명한 방향을 설정하고 굳은 다짐이 필요합니다. 그렇지 못할 때, 멍하니 실망과 좌절과 갈등과 회의로 시간을 허비하고 대학 4년을 되돌아보고 싶지 않은 시간으로 무엇인가 만족스럽지 못한 시기로 여기게 될지도 모릅니다.

  지금 여러분은 왜 여기에 앉아 있습니까? 다소 추상적이지만 한마디로 '한 송이 무궁화 꽃이 되기 위해서입니다.' 지금 여러분은 생전 처음으로 신체적·정신적으로 극한적인 훈련을 받고 있는 것은 싱싱한 무궁화 꽃을 피우기 위해 스스로 영양소를 섭취하고 있는 것입니다. 'No pain No gain', 'No input No output', 'No sweat No sweet'라고 합니다. 그렇습니다. 요즈음에는 해병대 지옥훈련 지원자가 속출하고 있습니다. 이른바 '귀차니즘'에 빠져서는 아름답고 소담스러운 무궁화가 될 수 없습니다.
  무궁화는 우리나라와 우리 겨레의 상징인 나라꽃입니다. 애국가에서도 '무궁화 삼천리 화려 강산…'. 우리나라 최고의 훈장은 '무궁화대훈장'입니다. 경찰관의 계급장, 경찰대학생의 모표, 단추까지 온통 무궁화 일색입니다. 이처럼 무궁화는 나라와 겨레를 상징합니다. 이런 의미에서 무궁화가 되려는 여러분은 가정에서는 응석받이 아들이고 귀여운 딸인지는 몰라도, 이 대학에 입학하면 '나라와 겨레의 딸과 아들'일 수밖에 없고 또 그렇게 대우를 받게 됩니다. 그러므로 여러분은 나라와 겨레를 위하여 살겠다는 자세를 몸으로나 마음으로나 굳게 다져 가야 합니다. 곧 위국爲國, 위민爲民의 정신을 길러야 합니다. '오직 나 하나만 잘 되겠다.'는 입신출세의 관념이나 지위 지향적地位指向的인 삶이나, '우물 안 개구리'식의 사고는 곤란합니다. 그런 생각은 남이 안 볼 때나 하는 잠깐의 입 놀림일 수는 있습니다. '함께 잘 되자!', '더불어 살자!', '모두를 위하여!'라는 과업 지향적課業指向的인 삶과 소명의식을 지니고 '높이 나는 새'가 되려는 관념을 가슴 깊이 새겨야 합니다.

나만을 생각하고 나만 잘 살아야겠다는 독존獨尊, 최고最高지향적 논리는 유아독존적, 상호배척적, 몰형제적沒兄弟的, 몰공동체적沒共同體的 지배와 노예의 정신 풍토를 갖게 됩니다. 나는 우리 집단, 조직 속의 한 사람으로서 이 조직, 이 집단에 꼭 필요한 존재가 되어야 하겠다는 최적最適 지향적 논리 곧 이타적, 상호 협동적, 형제애兄弟愛的, 공동체적인 정신 풍토를 지녀야 합니다. 여러분은 공인公人으로서 리더로서 저마다 '누가 최고냐?'보다 '누가 가장 적당하냐?'라는 논리로 자기가 서고 싶으면 남도 세워 주고 자기가 어떤 목적에 도달하고 싶으면 남들도 거기에 도달하도록 도와주는 자세를 가져야 할 것입니다.

경찰대학 설치법 제1조는, '국가 치안 부문에 종사할 경찰 간부가 될 자에게 학술을 연마하고 그 심신을 단련시키기 위하여 경찰청장 소속하에 경찰대학을 둔다.'입니다. 경찰대학 4년 교육을 충실히 받으면 지덕체智德體를 고루 갖춘 지도적 인격자가 될 수 있습니다. '언제 어디에 있어도 살아남을 수 있는 능력 갖춘 분'이 될 수 있다는 것을 실제 목격합니다.

무궁화는 끈질긴 생명력을 지니고 있다고 합니다. 끝없이 피고 집니다. 무궁화를 한자로 '無窮, 無宮, 無官, 舞宮, 木槿'이라고 하기도 합니다. '목면木棉'이 '무명'으로 변했듯이, '목근木槿'이 '무궁'으로 변한 것이 아닌가 합니다.

무궁화는 가을이 다가올 즈음이면 전국 방방곡곡의 척박한 땅에서 악조건을 극복하고 번식하는 꽃입니다. 경찰대학은 국가와 국민이 특별히 설립하여 운영하는 대학입니다. 그런 만큼 나라와 국민의 전폭적인 지원을 받습니다. 의식주는 물론 정신적 지원까지도 받습니다. 일반적으로 국립대학에서는 신입생들에게 다음과 같은 첫마디로 오리엔테이션을 합니다. '여러분이 앉아 있는 책상, 걸상, 유리창 한 장 모두 여러분의 부모님과 국민이 낸 세금으로 산 것입니다. 내 것처럼 아끼시오.'

경찰대학은 국가와 국민의 요구에 부응해야 존재 가치가 있는 대학입니다. 교가의 구구절절에 '조국, 나라, 겨레'를 강조하고 있습니다. '조국의 영광 위해 모여든 우리', '겨레의 선봉이 되리', '대한의 기수가 되리', '이 나라 지키는 파수꾼되리'….

생활관 앞 상징탑에는 "이곳을 거쳐간 이여 조국은 그대를 믿노라."라고 깊이 새겨져 있습니다.

무궁화는 '아름답다, 성스럽다, 보호한다'는 꽃말을 지닌 꽃입니다. '아름다운 신을 닮은 꽃' 학명은 'Hibiscus'로 'Hibis[고대 이집트의 아름다운 신]'와 'isco[유사하다]'의 합성어라고 합니다. '아름답다'는 것은 겉만 번지르르한 것이 아닌 '바른 마음'의 표상입니다. 그리고 누구에게나 '편안하고 즐겁게 해 주는' 보편적 가치가 '아름다움'입니다.

무궁화는 성스러운 땅에 피어나는 꽃입니다. '샤론의 장미Rose of Sharon'라고도 합니다. 샤론이란 성경에 나오는 가나안 복지 중 가장 좋은 곳이지요. "그 나라 경찰의 수준은 국민의 수준에 비례한다."고 합니다. 국민이 성숙할 때 경찰은 더욱 성숙해질 것입니다. 경찰의 근무 여건이 좋을 때 더욱 바람직한 경찰상이 정립될지도 모릅니다.

무궁화를 '울타리꽃', '반리화藩籬花'라고도 합니다. 옛날 시각장애자와 미인 부부가 살았는데, 당시 권력자가 횡포를 부려 그 부인이 자결했답니다. 그 후 그 집 주위에 꽃으로 피어나 울타리를 이루었다지요. 그 꽃이 무궁화랍니다. 죽어서라도 눈 먼 남편을 보호하려는 여인의 절개가 한 송이 무궁화로 피어난 것이지요. 경찰대학생은 늘 '빚'을 지고 있다는 마음의 자세가 필요합니다.

대학은 선택받은 자의 모임입니다. 그 시대가 정한 잣대로는 선택받지 못한 사람들, 대학에 들어오고 싶어도 여러 가지 조건 때문에 못 들어온 사람들에게 '인간답게 살게 할 빚'을 지고 있습니다.

대학은 단순한 기능공技能工을 양성하는 기관도 아니고 직업훈련을 하는 기관도 아닙니다. 논어에 '君子 不器군자 불기'라는 말이 나옵니다. 군자[leader]는 한 가지 구실밖에 못하고, 특정 목적에만 쓸모 있는 도구적道具的 존재로 그쳐서는 안 된다는 뜻일 것입니다.

도대체 대학은 무엇을 하는 곳일까요? 대학의 목적과 사명은 시대와 환경의 변화에 따라 달라질 수 있습니다. 우리나라 '고등교육법'에는 '대학, 산업대학, 교육대학, 전문대학, 방송통신대학, 기술대학, 각종학교' 등 어떤 대학이건, '대학은 인격을 도야하고, 국가와 인류 사회의 발전에 필요한 학술의 심오한 이론과 그 응용방법을 교수·연구하며, 국가와 인류 사회에 공헌함을 목적으로 한다.'는 조문이 있습니다. '국가와 인류 사회의 발전에 필요한 학술의 심오한 이론과 그 응용방법을 교수·연구하며'는 주로 전공과목을 통하여, '인격을 도야하고'는 교양과목을 통하여 지덕체 겸전兼全을 강조한 것입니다. 대학생이라는 높은 신분에 따르는 도덕적 의무 [Noblesse oblige]가 있습니다. 많은 것을 받는 사람에게는 그만큼 요구되는 것도 많다고 합니다.

  우리나라의 대학은 '공부 안 할 수 없는 대학'과 '별로 공부하지 않는 대학'으로 나눌 수 있다고들 합니다. 전문 자격을 취득하여야 하는 대학은 앞엣것의 예일 것입니다. 그러나 명목상 대학이지, 사실은 토플, 토익, '바퀴벌레vocabulary'나 잡기 바쁘고, 벤처 기업주 되기, 증권 투자하기, 새내기 길들이기, 신분 상승을 위한 고시 공부에 주력하다 보니 언젠가는 일반 상식을 따로 공부해야 하는 '옹골찬 100% 학사學士'가 아닌 부실한 '반푼半分 50% 학사'를 양산하고 있는 대학들은 뒤엣것의 예일 것입니다. 산과 바다는 몇 년 뒤에 가도 없어지지 않고 그대로 있습니다. 리더가 되기 위한 준비 기간인 단 4년은 대단히 중요한 시기입니다. '4년 배워 40년 써 먹는다.'고 말할 수 있겠습니다. 대학입시 준비하는 노력의 반만이라도 열심히 한다면 우리나라 대학은 알찬 대학이 될 수 있을 것입니다. 그리고 대학은 '대강대강 얼치기 대학생'이나 '낭만만을 좇으며 세속에 안주하려는 대학생'들을 과감히 중간에 내려놓아야 합니다.
  대학을 영어로는 'University'라고 합니다. 'University'란 말은 보편적인 지식을 추구하고 지식의 편식화를 부정하는 뜻을 지닙니다. 전인교육全人敎育을 통해, 균형 잡힌 인간상을 정립하고, 단세포적인 인간 형성을 탈피하는 것입니다. '지성인'이란 '교양인'인 동시에 '지식인'을 말합니다. '신지식인新知識人', 'Technocrat'라는 말도 이와 관계 깊은 말입니다. 교양이 배어들지 아니한 전문지식은 기관사 없이 달리는 기관차와 같으며 그런 지식인은 정신적 절름발이에 지나지 않습니다. 교양을 바탕으로 학문을 하면 지킬 박사의 구실을 할 수 있으나 교양이 뒷받침 없이 학문을 한 사람은 단지 하이드 씨 구실밖에 못합니다.

인간의 지식이란 양계장의 닭장처럼 칸칸이 막혀 있는 것이 아니라 상호 관련을 맺고 있습니다. 그러므로 학문은 각 학문 사이의 연계성을 이해할 수 있도록 학제적學際的, interdisciplinary 연구가 절실합니다. 무궁화는 온몸이 쓸모 있는 식물입니다. 나무껍질은 종이 원료가 되고 뿌리껍질은 해열, 해독의 효과가 있고, 잎은 갈증 해소에 특효가 있다고 합니다. 여러분도 이 나라 이 겨레의 쓸모 있는 인재가 되어야 합니다.

대학은 산모産母가 아니라 산파産婆일 뿐입니다. 산부인과 의사에 불과하다는 사실을 아셔야 합니다. 산모는 학생 자신임을 인식해야 합니다. 대학의 강의는 확연한 해답을 주지 않고 강요하지도 않습니다. 학구적인 의욕을 자극하고 문제를 제시할 뿐입니다. 학생 스스로가 문제를 해결할 수 있는 능력을 길러 주려고 합니다. 그러다 보면, 시행착오, 번민을 겪으면서 '일그러진 영웅'도 되고 '젊은 날의 찌그러진 초상'도 깨닫게 되는 것입니다.

대학이란 값진 회의를 품기 위해서, 스스로의 문제를 해결해 나갈 능력을 기르기 위해서 존재하는 것입니다. 따라서 '가득 찬 머리'보다 '잘 형성된 머리'가 중요합니다. '안다'는 것은 기지旣知의 것을 반추하는 것이 아니라, 사회 여러 현상을 분석하고 질서화해 미지未知의 것을 탐구하는 창조적 지성입니다. 기존의 지식이나 사상의 수집, 축적이 아니라, 지식과 경험을 일정한 잣대로 논리적으로 해석하는 지혜를 갖추어 지식의 재생산 능력을 기르는 것입니다.

대학 교육은 한 학기 16주 동안 매주 1시간씩 이수하면 1학점이라고 합니다. 대체로 전공과목은 3학점인데, 시간수로 보면 45~48시간에 지나지 않습니다. 따라서 강의에서는 교과의 뼈대만 보여 줄 뿐입니다. 살은 학생 자신이 붙여야 합니다. 1시간의 강의를 수강하기 위해서 예습과 복습을 게을리해서는 '반푼 학사'가 될 뿐입니다. "대나무는 마디마디가 튼튼하게 자라야, 무성해진 뒤에 비바람에 꺾이지 않는다."고 합니다.

살다 보면 '어디서 누구에게 배웠느냐'보다도 '내 스스로 무엇을 어떻게 공부했느냐'가 중요합니다. 그러기 위해서는 사사주의事師主義를 빨리 탈피하고, 자율적인 학습습관을 길들여야 합니다. 그리고 세상을 올바로 보는 안목을 체계적으로 숙성시켜야 합니다. 유능한 경찰관이나 치안책임자는 물론 교수, 변호사, 장관, 경제학자, 성범죄 전문가, 마약 전문가, 종교가, 컴퓨터 전문가, 공학박사, 의학박사, 파일럿, 국회의원, 사업가, 도지사, 장관, 대통령 등이 되겠다는 생각으로 목표를 확장하는 것도 권해 봅니다. 그러려면 종래의 학습습관에서 조속히 벗어나야 합니다.

평가 받고 수험 준비만을 위한 파행적 교육을 스스로 청산해야 합니다. '따짐과 물음'의 학습방법을 모색해야 합니다. '기억력'에만 의존하지 말고 '추리력, 연상력, 상상력, 직관력, 창의력' 등을 배양해야 합니다. 지엽 말단적枝葉末端的 학습은 전이가轉移價 없고 무질서한 지식의 조각에 지나지 않습니다. 특히 1학년은 파행적 학습의 중요한 교정 기간입니다.

지식인의 사명은 사회적 제도, 이론적 진리, 실용적 기술 등 모든 의미 있는 문화유산을 발전적으로 보존하면서, 새롭게 창조하는 것이어야 합니다. 예언적 지식인은 현실에 대해 비판적이면서 미래의 비전을 제시하지만, 제사장적祭祀長的 지식인은 현실을 직접 움직여 가면서 질서 확립과 안정유지에 전념하는 사람입니다. 남에게 과시하거나 자신의 입신출세를 위한 '위인지학爲人之學'을 벗어나 자기 수양과 진리 탐구를 위한 '위기지학爲己之學'을 하여야 합니다.

대외적 전시展示 위주爲主의 금지나 자만은 잠시일 뿐입니다. '속살'을 찌우십시오. 교복이나 배지가 대학생의 상징이 아닙니다. 수학능력시험 고득점의 영예에 도취되지 마십시오. 그 시험만으로는 인간의 능력을 바르게 측정하기에는 '눈금이 흐린 잣대'입니다. 경찰대학은 일반 법과대학도 사관학교도 아닌 '특성화된 대학'이 되어야 가치가 있습니다.

'자대시일개취자自大是一個臭字'라는 말이 있습니다. '자기 스스로 잘 났다고 과대 포장하는 사람에게서는 냄새가 날 뿐이다.'는 말입니다. '도리불언 하자성혜桃李不言 下自成蹊'입니다. 복숭아나 자두 꽃은 스스로 아름답다고 말하지 않아도 그 나무 아래 저절로 길이 생깁니다.

'하는 나'와 '보는 나'와 '보이는 나'가 조화롭게 발달된 '나'가 되어야 합니다. '하는 나'는 먼저 일을 저지르고 나중에 생각하는 것이고, '보는 나'는 사물을 관찰하는 것만 위주로 하여 언행이 일치하지 않는 것이고, '보이는 나'는 남에게 비쳐진 나, 내 나름대로 살지 못하고 남 나름대로 살게 돼 일류만을 지향하는 것입니다.

배경적 경험이나 지식 없이 세상을 이해할 수 없습니다. 그러기 위해서 대학생의 최대 무기는 독서입니다. 저학년에서는 각종 개론서를 섭렵하십시오. 법 집행자가 되는 데 가장 우선적 필수사항은 200권 이상의 문학작품을 읽어야 한다고 합니다. 법을 집행하는데 80%가 사리事理판단이고, 20%만 법리法理판단이라는 것입니다. 법률서적에 파묻혀 세상과 격리, 사리를 모르고 법리만 아는 법관은 잘못된 판단자가 되기 쉽고 빗나간 선민選民이 될 수밖에 없습니다. 세계적인 지도급 인사를 배출한 서양 명문대학에서는 고등학교 재학 시 사회봉사증명을 요구하는 까닭을 생각해 봅시다. 편향된 분야만을 독파하는 독서는 피하여야 합니다.

'현실을 어떻게 보느냐?' 하는 문제에 급급하지 말아야 합니다. 우리는 내일의 주인공입니다. 모든 자리는 자동적으로 비워지게 마련입니다. 그러므로 묵묵히 내면을 다지고 다듬어 가는 학생이 내일의 주역이 될 수 있습니다.

그리고 다양한 인간관계를 맺으십시오. 교수, 교수요원, 직원, 상하급생, 동기생들과 공적인 문제뿐 아니라 사적인 문제도 상의하십시오. 그러나 지연과 혈연과 학연의 고질적인 '끈'을 넘나들 줄 알아야 합니다.

또한, 외국어를 무기화하시기 바랍니다. 회화도 중요하지만 원서를 독파하고 작문할 수 있는 능력을 키워야 합니다. 한국의 지성인은 한자문화권에 살고 있으므로 한자漢字 학습도 절대적입니다.

무궁화는 병충해를 입기 쉽다고 합니다. 입고병, 진딧물, 박쥐나방 등에 괴로움을 당한다고 합니다. 그래서 늘 수분을 유지하고, 적절한 약제로 구충해야 합니다. 경찰은 유혹을 많이 받는 직업입니다. 4면이 투명한 유리관 속에서 생활해야 편안해집니다. 따라서 재학 시부터 정직, 정의, 명예를 좌우명으로 여겨야 합니다.

무궁화는 개화 기간이 짧습니다. '조개모락화朝開暮落花'라고도 합니다. 100일 동안 이어이어 피고 집니다. 그래서 늘 신선하고 참신해야 합니다. 하루살이 같은 세속적 행복에만 젖어서는 안 됩니다.

여러분이 4년간 공부하고 생활하게 될 캠퍼스는, '우리나라의 배꼽'에 해당하는 '용인' 그리고 '금닭이 알을 품고 있는 형상'을 하고 있는 곳입니다. 이곳은 역사적 인물이 태어나고 묻혀 있는 곳입니다.

경찰대학 캠퍼스의 주산인 법화산法華山의 '법화'는 '진리 터득의 황홀경에 이르다.'는 뜻입니다. '법을 빛내라.'는 뜻도 내포하고 있습니다. 이런 지리적 배경으로 보아도 '이곳을 거쳐간 이여! 조국은 그대를 믿노라.'는 국내외 곳곳에서 구현되리라 굳게 확신합니다.

-2003년 경찰대학 신입생들에게 드리는 늙다리의 훈수

법화산에 서린 기운

　옛 경찰대학[KNPU, Korean National Police University]의 주산은 용인 군 구성면 마북리, 언남리, 청덕리의 경계를 이루고 있는 385 고 지다.

　이 산은 대학이 용인 캠퍼스로 이전하기 전에 이름이 없는 무명 산으로 알려져 재학생과 교직원의 중지를 모아 '청람산靑籃山'이라 고 명명하기로 하였다. 그리고 '푸를 청靑, 바구니 람籃', '청람靑籃' 에 이런 의미를 부여하기도 하였다.

* 청운의 뜻을 펼 젊은이들의 푸른 요람搖籃, Blue Cradle이다.
* 요람은 성장의 고향이며 발전의 실마리다.
* 요람은 국민이 밀어주면 호국안민을 위해 쉬임없이 움직인다.
* KNPU는 국가와 민족의 장래를 떠맡을 요람지다.

　그러나 1987년 5월, 이 산의 본디 이름이 '법화산法華山'이라는 사 실을 알게 되었다. 이 동네에서 대대로 살아온 토박이들은 오래전 부터 이 산속으로 땔감을 하러 갈 때 '버패대학 간다.'라고 하였다 는 것이다. '버패'는 '법화'의 속음으로 보인다. 그래서 이 터에 언젠가는 대학이 들어올 것이라고들 했는데 KNPU가 이 터에 자리 잡은 것을 보면 '법화'라는 이름에 걸맞은 대학이 들어왔으니 우연이라고 하기보다는 천연天緣이라 할 수 있다는 증언을 듣게 되었다.

곧바로 행정지도로 확인하고 현지 답사를 하였다. 국립지리원 발행 축척 1:50,000의 행정지도에 '법화산 385.2m'라고 명시되어 있었다. 또 산 정상에 올라가 보았더니 '법화산 정상 385m'라는 팻말이 세워져 있었다. 참으로 어이가 없었다. 엄연히 산 이름이 '법화산'인데 확인 한번 안 해 보고 이름이 없는 산이라며 수년 동안 '청람산'이라고 불러왔던가!

1987년 8월, KNPU는 주산의 명칭을 제 이름대로 '법화산'으로 부르기로 하였다. 그동안 사용해 오던 교가의 첫 소절 '청람산 묏줄기에 우뚝 선 전당', '청람교실', '청람상' 등의 '청람'은 '법화'로 바꿔 쓰기로 하였다. 다만 상징적인 용어로 사용되어 오던 '청람축전', '청람체전', '청람인' 등은 선후배의 맥을 잇는다는 취지에서 종전대로 사용하기로 하였다.

'법화'는 불경 중의 하나로 모든 경전의 왕이라는 '법화경', 일명 '묘법연화경妙法蓮華經'에서 온 말이긴 하지만 '진리 터득의 황홀경에 이르다'로 풀이할 수 있다. '법法'은 '규범, 진리, 정의, 이치, 선, 본받다, 떳떳하다' 등을 의미하며, '화華'는 '빛나다, 윤택하다, 드러내다, 꽃피다, 뛰어나다, 고귀하다' 등을 뜻한다.

이런 점에서 '법화'를 다음과 같은 의미를 부여하였다.

　* 안녕 질서를 유지하기 위해 국가기관에서 제정하여 채택된 규범을 빛내고 꽃피우고 윤택하게 한다.

* 진리, 정의를 널리 그리고 환히 드러낸다.

* 진리, 정의를 고귀하게 여긴다.

* 서울대학교 교훈 VERITAS LUX MEA[진리는 나의 빛]와도 상통한다.

법화산에서 발원하는 탄천은 특이하게 남에서 북으로 흘러 용인, 분당, 판교, 서울 송파, 강남 지역을 관통하는 한강의 제1의 지류다. 법화산은 주변의 형세가 타지역보다 높아 여러 신하가 임금에게 조례를 올리는 '군신봉조형群臣奉朝形' 같다는 전설처럼 예로부터 명당보국明堂保局의 길지吉地로 알려진 곳이다.

법화산 주위에는 여러 역사적 인물과 맥이 이어지고 있다. 남이南怡와 이완李浣 장군이 이 땅에서 태어났다. 구한말 을사늑약에 항거해 자결한 충정공 민영환閔泳煥의 위국충절爲國忠節의 얼이 어려 있다. 의義를 위하여 자신을 버리고 한 몸을 던져 국난을 막는 방패가 스스로 되었던 안홍국安弘國의 보국충정輔國忠情이 서려 있다. 목숨보다 의義를 택한 3학사의 한 사람인 충렬공 오달제吳達濟의 선비다운 눈빛이 번쩍이고 있다. 충효와 공정을 생활신조로 삼고 청렴결백한 목민관으로 살아간 오윤겸吳允謙의 훈이 쩌렁하다. 일편단심과 절개의 대명사 정몽주鄭夢周의 지조가 돋보이고 있다. 뿐만 아니라, 말이나 글로만이 아닌 몸으로 실천하며 이상적인 정치와 제도를 실현하려 했던 조광조趙光祖와 이자李耔의 개혁 의지가 펄럭이고 있다. 제도의 모순을 이론적으로 파헤쳐 정리한 유형원柳馨遠의 경륜이 배어 있다.

예부터 오늘에 이르기까지 흔히들 걸출한 인물을 평할 때 어느 산의 정기를 타고났다느니 어느 강의 흐름을 이어 왔다느니 주산과 주강의 명칭을 거론하곤 한다. 주산에 붙여진 이름은 그 산에 얽힌 유래나 유서를 고려하여 신중하게 명명한 것이다. 어느 한 사람이 작명한 것이 아니라 명명 당시의 지역인의 암묵적인 합의 아래 혼을 불어넣었던 것이다. 그래서 한번 붙여진 정식 명칭은 가급적 개칭하지 않는 것이 상례였다. 그 까닭은 주산에 서린 운기는 인간의 힘으로 마음대로 바꿀 수 없는 것으로 생각해 왔고 혹 개칭이나 훼손했을 경우에 그 터에 재앙이나 흉조가 끊임없이 일어나는 일을 흔히 경험해 왔기 때문이다. 사실, 어떤 사물에 붙여진 이름은 하나의 언어 기호에 지나지 않는다. 그러나 인간 사회에는 한번 붙여진 이름은 그 이름 속에 혼이 들어 있다고 보는 언어 신령관이 예부터 지금까지 엄연히 존재하고 있다.

그래서 그런지 KNPU 학생과 교직원은 몇 백 명에 지나지 않았지만, 적지 않은 사고가 연례 행사처럼 거듭되었다. 학생, 교수, 직원들의 갑작스러운 별세, 대형 교통사고로 젊음을 마감하는 일 등이 심심찮게 벌어졌다. 종교의식을 떠나 돼지머리 모셔 놓고 고사 비슷한 행사까지도 해 보았다. 그러나 대학 정원 대비 사고율은 줄어들지 않았다. 그런데 '법화산' 제 이름을 복원한 이후부터는 흉한 일이 없었던 것 같다.

이제 KNPU가 공공기관 지방 이전 계획에 따라 옮겨졌으니 법화산의 그 풍성한 서기瑞氣가 어디에서 헤맬는지 궁금하다.

그림자 절제수술 24p

은악양선 27p

내 팔자야 28p

물구나무서기 29p

오늘도 웃자 30p

울산바위 33p

불두화 38p

큰개불알꽃 39p

천사의 나팔꽃 43p

망태버섯 50p

병아리꽃나무 51p

꽃무덤 55p

DMZ 87p

다시 붓 잡고 107p

서낭바위 124p

내 담 네 담 155p